시간이 흐른다

마음이 흐른다

시간이_흐른다

마음이_흐른다

신미식 글·사진

푸른솔

시간이 흐른다

마음이 흐른다

2013년 1월 8일 초판 인쇄
2013년 1월 15일 초판 발행

지은이   신미식
발행자   박흥주
발행처   도서출판 푸른솔
편집부   715-2493
영업부   704-2571~2
팩스   3273-4649
주소   서울특별시 마포구 도화동 251-1 근신빌딩 별관 302호
등록번호   제 1-825
    ⓒ 신미식
값   15,000원
ISBN   978-89-93596-35-9 (03810)

내가 가는 길이 옳은지는 자신만이 알 뿐이다.

내가 걷는 이 길이 가장 현명한 선택이었는지는 자신만이 알 뿐이다.

누군가에게도 묻지 마라.

너 자신을 믿고 그 길을 갈 때 확신이 생기는 것이니까.

사람 없는 곳에는 평화,
사람 있는 곳에선 행복

나는 사진을 잘 모른다. 작가의 멈춰진 호흡 사이에 차갑게 결빙된 이미지를 만나면 그저 찬탄하는 것 이외에는 사진과 나를 하나로 일치시키는 방법을 모른다. 나는 사진을 만나면 상상하려 애쓴다. 잘려진 사각형의 바깥에 숨겨진 내가 알 수 없는 슬픔과 기쁨을 읽으려 애쓴다. 사각의 틀 안에 포박된 아픈 영혼과 이야기하고자 버둥거린다. 그러나 나를 지나간 많은 사진들은 내게 아무 말도 하지 않았다.

사진에 대한 오래된 안타까움이 치유된 것은 신미식의 사진이었다. 블로그라는 21세기적 매체를 통해 우연히 만난 신미식의 사진은 나로 하여금 상상할 수 있게 만들었다. 사각 안에 갇혀 있으면서 사각 밖으로 빠져나가려는 애씀을 만났다. 신미식은 그가 보여주려는 것은 단지 사각만은 아니라고 항변하고 있었다. 나는 그 외침이 좋았다.

신미식이 채집한 풍경은 평화다. 사람이 보이지 않는 사진 속에는 안도가 넘쳐난다. 텅 빈 거리에는 안식이, 갈색 들판에는 휴식이, 푸른 바다에는 평온이 가득하다. 지금 내가 보고 있는 것이 전부가 아니라 그 보다 10

배, 100배의 평화가 흐르고 있음을 알려주고 있다. 한 장의 사진으로 담아 낸 평화는 벽면 가득히 세상으로 펼쳐진다.

풍경 안에 서 있는 사람을 보라. 그들은 신미식이 바라보는 풍경 속에 담겨 있다. 그들은 모두 신미식이 보는 곳을 보고 있다. 그들은 사진 앞에 마주 선 나에게 속삭인다. 우리는 모두 같은 곳을 바라보고 있다고 말한다. 신미식이 포착한 세상은 나와 마주 서 있지만 마주한 것이 아니다. 모두가 함께 같은 곳을 바라보게 만들고 있다.

신미식이 엮어낸 사람은 행복이다. 사람이 보이는 사진 속에는 기쁨이 가득하다. 행복으로 무장한 아이들, 사랑으로 결박된 부부와 환희로 뭉쳐진 가족. 그가 찾아낸 사람은 모두 그들이 느끼는 것보다 더 큰 행복을 내게 전한다. 가끔은 잔잔하게, 가끔은 격렬하게 신미식은 자신이 찾아낸 행복을 여과 없이 전달한다.

사람들 뒤로 사라진 풍경을 보라. 평화와 행복이 갈등하지 못하게 교묘

하게 변주된 풍경을 보라. 신미식이 포착한 행복은 사각 틀의 밖으로 끝없이 퍼져가는 진행형이다. 결코 평화로 인하여 해체되지 못하도록 완벽하게 막아놓은 절제된 행복이다.

나는 이 포박된 평화와 행복이 좋다. 그러므로 나는 더 많은 사람들이 신미식의 평화와 행복을 서로 다른 방법으로 복용하기 바란다. 이 한 권의 책은 사람들의 영혼을 정리하는 고단위 처방이 될 것이다.

변종모_여행작가

contents

좋은 사진이란?

차가운 바람이 불어왔지만 몸이 웅크러들지 않았다. 산이 보이고 눈이 보이고 그 산을 바라보는 내가 있어서 행복했다. 좋은 사진이란 잘 찍은 것이 아니라 사물을 바라보는 시선의 깊이에서 나오는 것이다. 사진에는 정답이 없다. 그 정답 없음이 사진을 하는 사람들에게 희망이 되기도 하고 절망이 되기도 한다. 나에게 사진은 분명 세상을 바라보는 창이다. 그 창을 여는 것은 내 가슴이다. 당신은 마음의 창을 열고 사진을 담을 것인가? 아니면 창을 닫고 사진을 담을 것인가? 분명 사진은 쉽다. 그리고 사진은 어렵다. 그러나 나에게 사진은 쉽고 어렵고를 떠나서 삶 그 자체다. 그 삶을 즐기는 내가 있을 뿐이다.

행복 전염

좋다.

이런 표정.

이런 느낌.

느껴지는 행복감.

아이의 행복이 나에게 전해졌다.

이 사진 볼 때마다 덩달아 입가에 미소를 짓게 된다.

사진으로 남겨지는 그날의 추억은 행복이다.

사진이 좋은 이유다.

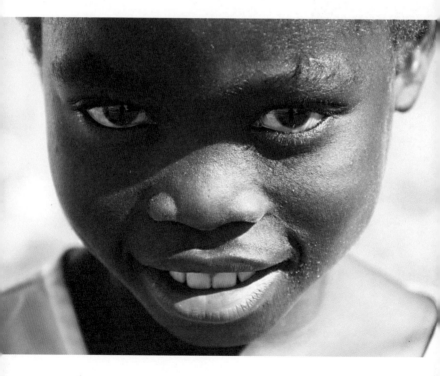

고백

마음을 열면 다가오는 아이들. 그 아이들의 미소에, 그 아이들의 장난스러움에, 그 아이들의 소리에 나를 맡겨본다. 나는 언제부터 아프리카를 가슴에 품었던가? 나도 이해할 수 없는 운명으로 다가온 아이들의 눈동자. 그 빛나는 아름다움을, 그 빛나는 행복함을 오래도록 지켜줄 수 있다면. 그럴 수 있다면. 결국 내 행복도 함께 이뤄지는 것이다.

아프리카를 다녀오면 내 안에 존재하는 묵은 욕망들이 조금은 떨어져 나가는 것을 느낀다. 욕심으로 살아온 시간, 남에게 나를 숨기며 살아온 시간, 아닌 것처럼 웅크린 내 감정들, 결국 속물인 내 모습을 조금이나마 참회한다. 그래서 난 그렇게 아프리카로 가는 것인지도 모른다.

남들이 눈치채지 못하게 나를 스스로 포장한다. 그 포장을 벗겨내면 나는 얼마나 부족한 존재인가? 많은 사람들에게 미안하고 죄송스럽고 부끄럽다. 그리고 한없이 고맙고, 또 고맙다. 온전히 나를 믿는 사람들에겐 더욱 그렇다. 나에게 진심이 있다면 그것은 아프리카에 대한 마음일 것이다.

잘 가요

출발하는 기차까지 쫓아와서 인사를 건네던 녀석. 잠깐의 만남이 아쉬웠던 것일까? 아니면 마음을 보여주지 못해 미안했던 것일까? 처음엔 시큰둥하던 태도와 달리 막상 기차가 출발하자 창문에 고개를 내밀고 미소를 보인다. 갑작스런 등장에 카메라를 들었지만 셔터가 흔들리고 초점을 제대로 맞추지 못했다. 그러나 이런 상황에서 그건 중요치 않다. 마음이 담겨지면 그것으로 족하다.

바다에 서서

시간이 흐른다.

마음이 흐른다.

하루해가 저무는 시간 파도는 쉬지 않고 같은 자리를 반복적으로 움직인다. 얼마나 많은 움직임들이 이 해안을 만든 것일까? 얼마나 많은 세월들이 모여서 이 바다가 이토록 잔잔한 아름다움을 간직한 것인가?

바다에 서면 마음이 차분해진다.

바다에 서면 가슴이 따뜻해진다.

우리는 왜 그렇게 바다에 집착하는 것일까?

왜 그렇게 바다를 향해 마음을 빼앗기는 것일까?

12월이다.

올해도 이제 며칠 남겨두지 않았다.

그래서일까? 이 바다는 더욱 더 깊게 다가온다.

가슴으로 머리속으로 그렇게 깊이 파고든다.

정리할 것이 얼마나 많은지 자꾸만 비워내고 비워내도 비워지질 않는다.

머리속이 하얗게 변할 때까지 바다를 보고 같은 생각을 한다.

복잡한 생각은 어느새 떠나가고.

아, 아름답구나.

아픔을 치유하는 방법

아픔은 선택되어지는 것이 아니라
내가 원하지 않을 때 찾아오는 불청객이다.
이때 가장 필요한 것은
그 아픔을 스스로 치유해가는 지혜를 찾는 것이다.
누구도 가르쳐주지 않는.
오래 전 노트에서 발견한 글,
그때는 참 많이 아프고 힘들었나보다.
스스로 견디는 것에 익숙하지 못해 노트에다가 아픔을 토해냈으니 말이다.
그렇게라도 그 현실을 이기려했으니.

떠나고
돌아옴

낯선 외국에서 낯선 사람들과 마음을 나누고 돌아오는 날. 다시 떠날 생각을 한다. 마음을 정하지 못하고 나는 다른 세상을 향해 마음을 열 어둔다. 가야할 곳이 어딘지 모른 채 길을 나서는 바보는 없다. 그러나 가끔은 나도 모르는 곳에 있는 나를 상상한다. 물질이 줄 수 없는 풍요 를 사람들에게서 받게 된다. 그 풍요는 지워지는 것이 아니라 영원히 가슴에 남겨진다. 언제나 다음 떠날 곳을 생각한다. 그러나 나는 다음 보다는 지금이 더 소중하다는 것을 느낀다. 그래야 다음을 준비할 수 있으니까. 한 잔의 커피를 마시며 잠시 휴식을 취하던 남자의 모습은 참 아름다웠다. 왜 그렇게 그날의 커피가 맛나 보였는지. 낯선 여행지 에서 마시는 커피는 왠지 특별나다. 그 시간 속에 있는 나를 되새겨보 는 것 또한 설레인다.

역광 사진

좋은 사진을 찍기 시작하는 때는 빛에 대한 두려움을 이기면서부터다. 흔히 우리는 역광을 두려워한다. 빛이 정면으로 오면 사진 찍을 엄두를 내지 못하는 것이다. 예전에 처음 사진을 시작할 때 사람들에게 듣던 말 중 빛을 정면으로 보고 찍으면 필름이 탄다고까지 했다. 지금 돌이켜 보면 얼마나 어리석은 생각이었는지 웃음밖에 안 나온다. 역광은 부담스런 빛인 것은 사실이다. 그러나 그 역광 사진이 주는 임팩트한 느낌은 순광 사진과는 또 다른 매력이 있다. 빛을 이용하는 것, 빛을 자유자재로 다루는 것. 사진의 깊이를 더해가는 때가 되는 것이다. 빛을 두려워 말라.....!!

파리의 오후에 만난 빛과 사람들. 정면으로 보이는 빛이 부담스럽긴 했지만 그 느낌도 나쁘지 않다고 생각했다.

조화

사진은 관찰이다.

사진은 기다림이다.

사진은 순간의 기록이다.

좋은 사진을 찍는 방법 가운데 하나는 생각은 많이 하고 셔터를 누르는 시간은 짧아야 한다. 무엇을 찍을 것인가를 머릿속에서 상상하면 어느 순간 생각했던 장면들을 만나게 된다. 사원에서 만난 고양이와 여인의 모습은 아이러니하게도 조화를 이뤘다. 한참을 바라봤다. 마음을 움직인 시간... 셔터를 누른다.

양곤 일출

이른 아침 창가로 보이는 미얀마 양곤의 아침은 찬란했다. 졸린 눈을 비비고 일어나 카메라를 꺼내들었다. 찬란한 해가 힘차게 떠오르고 있었다.

하늘이 붉게 물들어가면서 주변의 구름도 덩달아 색을 바꿔입기 시작했다. 도시에서 바라보는 일출이 이렇게 멋지다니. 미얀마에 도착하고 처음 맞이하는 아침은 그렇게 설레고 찬란했다.

어느덧 떠나는 시간보다 돌아오는 시간이 더 소중해지기 시작했다.

돌아오는 날

미얀마에서 돌아오는 날 이른 아침. 차를 몰고 오면서 마주친 아침은 고요했다. 그리고 편안했다. "참 아름답구나"라는 생각이 들었다. 여행을 마치고 돌아오면 잊고 있던 풍광들이 눈에 들어온다. 아마도 그리웠던 것인지도 모른다. 아쉬운 마음에 길가에 차를 세웠다. 가방에서 카메라를 꺼내어 조용히 셔터를 눌렀다.

자연으로
들어가다

가을이 오는가 싶었는데 벌써 막바지에 다다른 느낌이다. 그래서인지 자꾸만 아쉬움이 묻어난다. 서울을 조금만 벗어나면 자연은 온통 화려한 단풍으로 치장되어 있다. 연신 감탄사를 토해 낼 수밖에 없는 이 아름다운 계절. 그래서 자꾸만 자연으로 들어가게 된다. 그래서 자꾸만 숲속에 나를 놓아둔다. 차가운 바람이 옷깃을 여미게 하지만, 차가운 밤공기가 만만치는 않지만 그 싸함이 좋다. 오래된 랜턴에 불을 밝히고 장작으로 불을 지피고 늦은 밤까지 이야기를 나눈다. 좋은 사람들과 보내는 이 밤은 얼마나 소중한가? 아무 말 없어도 아무 목적 없어도 좋은 그런 사람들. 나에게 그런 사람들이 있다는 것은 또 얼마나 행복한 일인가? 행복은 멀리 있지 않다는 것을 안다. 행복은 찾아야 하는 것이 아니라 느끼는 것이다. 행복은 이미 나에게 와 있는 것인지도 모른다. 행복하다고 말하는 사람에게서 빛이 난다. 그 빛이 주는 자신감, 따뜻한 시선에서 세상을 살아가는 지혜가 느껴진다. 1박 2일의 짧은 캠핑을 마치고 돌아오는 날, 길가의 해바라기에 반해 차를 세웠다. 지금이 아니면 올해는 더 이상 해바라기를 담을 수 없을지 모른다는 생각이 들었다. 그렇게 하늘을 바라보는 노란 해바라기를 카메라에 담았다. 사진은 나에겐 세상을 바라보는 눈이라는 사실.

가을을 만지다

가을이 만져진다. 가을이 나를 만진다. 가을이 서서히 떠날 준비를 한다. 어쩌면 사람과의 이별보다 더 쓸쓸한 계절의 이별. 나에게 가을은 이토록 아프고 사랑스럽다. 깊어가는 밤 별들이 머리 위로 쏟아진다. 얼마만인지 모른다. 밤하늘의 별을 보고 환호성을 질렀던 적이. 참 아름답다. 참 곱다. 그 고운 별들은 어둠을 밝히고 나는 마음을 밝힌다. 가을이라는 이 계절을 좋아한다. 가슴 시리도록 아픈 이 계절이 참 좋다. 오래 머물지 않고 떠나는 그 야속함이 느껴져서. 슬픈 노래를 모두 합쳐 놓은 것 같은 이 계절은 자연이 사람에게 주는 가장 빛나는 잔치다. 소중한 것은 언제나 그렇듯 오래 머무는 것이 아닌가보다. 그래서 이 계절에 여행을 많이 떠난다. 많이 남겨두고 싶고 많이 아끼고 싶어서다.

가을, 사랑하고 싶은, 이미 사랑하는 계절이다.

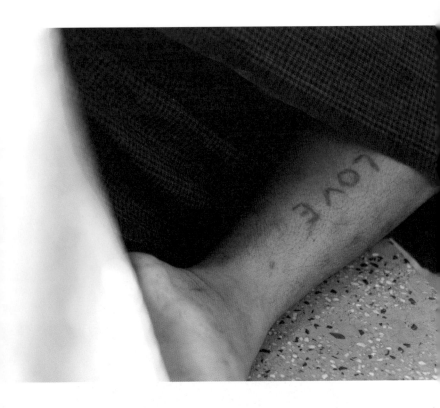

사람이라면.....

사람이 사람을 사랑하는 일. 사람이 다른 세상에서 연민을 느끼는 일. 사람이라면 말이지. 사람이라면. 생각을 하고 살아간다. 사람이라면 감정을 갖고 있고 사람이라면 그 감정에 솔직해야 한다고 믿는다. 미얀마에서 나는 참 작은 사람이라는 사실을 알았다. 가진 것이 많음에도 행복하지 못했던 시간들에 용서를 빌었다. 왜 나는 나를 잊고 살았던 걸까? 내가 얼마나 행복한 사람이라는 사실을. 가지지 못한 것을 생각하는 사람은 언제나 슬프다. 그러나 가진 것을 생각하는 사람에게는 행복이 보인다. 미얀마에서, 그리고 이곳의 사람들에게서 나는 배움을 얻는다. 내가 나눈 것은 너무나 작고 보잘 것 없는 것이었음에도. 너무나 값진 선물을 받고 돌아왔다. 다시, 다시 가야 한다.

여행이란?

여행은 특별한 것을 필요로 하는 게 아니다. 내가 떠나온 곳에서 아무
것도 하지 않고 나를 내려놓는 시간을 가져보는 것. 지나는 사람들을
구경하고 가방에 넣어온 책을 꺼내 읽어보기도 하고 무료하게 햇살을
보며 해바라기를 하고 맘에 드는 카페에서 차 한잔을 시키고 시간을 보
내보는 것.
그렇게 여행이란 꼭 특별한 것을 보고 특별한 시간을 가져야만 하는 것
은 아니다.

아픈 진실

그렇게 생각해. 아픈 이별이 없었다면 아름다운 사랑도 없었을지 모른다
고. 나에겐 아픈 이별을 고한 그 사람이 누군가에게는 행복한 사랑을 시
작하게 한다는 사실. 쉽게 받아들여지지 않는 진실이다. 그냥 그런 생각
이 들었다.

후유증

전시 오프닝을 마치고 하루가 지났다. 차를 몰고 하루 종일 북한강가를 돌아다녔다. 몸에서 너무 많은 것들이 빠져나간 듯 허탈하고 쓸쓸했다. 하염없이 강을 바라봤다. 산을 바라봤다. 지나는 사람들을 바라봤다. 예전에 살던 집을 기웃거려봤다. 많은 사람들이 좋아하던 집 머문자리. 잠시 추억에 젖어본다. 한적한 숲길에 차를 세웠다. 차 옆 맨바닥에 누웠다. 주체할 수 없는 뭔가가 밀려온다. 정말 나이를 먹긴 먹었나 보다.

한번의 전시가 내 몸의 기를 다 빼앗아간 느낌이다. 잘 모르겠다. 그냥 오늘은 나를 쓸쓸함에 외로움에 던져 놓고 싶은 날이었다. 다시 기운을 내자.

내려놓기

욕심을 버리고 살면 되는 것. 그 진리를 알면서도 잘 안 된다. 몽골에서 나는 아름다운 자연보다 더 값진 것을 얻었다. 그것은 내려놓기다. 내가 가진 것 가운데 내려놓아야 할 것들이 참 많다는 사실. 욕심 없이 살아가는 차튼족 사람들의 모습은 내 탐욕을 비웃는 것 같았다. 가진 것이 없어도 행복한 그런 삶. 그들은 그렇게 살아간다. 가장 작은 것을 갖고도 만족하며 살아가는.

욕심 없는
사람들(차튼족)을
찾아가는 시간

차튼족은 몽골의 북쪽 산악지대에서 순록을 키우며 사는 소수민족이다. 이들을 찾아가는 여정은 고행이라고 불러도 될 만큼 힘이 든다. 울란바 트르에서 무릉까지 비행기로 1시간 반, 그리고 자동차로 12시간을 달리 면 호수가 아름다운 '차강로드'에 닿는다. 그곳에서 말을 타고 다시 12 시간 동안 여러 개의 높은 산을 넘어야 차튼족이 사는 마을에 도착할 수 있다.

난생 처음 타보는 말은 불편하고 힘들었다. 다시 내 집으로 돌아갈 수 있 을까라는 공포감마저 들었다. 그러나 도착하고 나니 고생이나 불편함은 한순간에 날아갔다. 깊은 산 속에서 옹기종기 모여 순박하게 살아가는 사람들을 볼 기회가 어디 흔하겠는가.

더위에 약한 순록을 키우기 위해서는 여름이 되면 높은 산 속으로 들어 가야만 한다. 그래야 순록이 다치지 않고 건강하게 자란다. 순록을 키우 기 위해 깊은 산 속에 움막을 짓고 살아가는 사람들, 그들을 만나기 위해 고생을 하는 건 어쩌면 당연한 일이다. 여정이 결코 만만치는 않았지만 그만큼의 보석 같은 값진 시간을 보낼 수 있었다.

몽골을 가다

너무 힘들어서 포기하고 싶었던 시간들. 너무 아름다워서 눈물 나던 시간들. 너무 행복해서 스스로를 격려하던 시간들. 자연과 하나 되어, 아니 스스로 자연이 되어 살아가는 차튼족 사람들. 이들을 만나러 가는 여정은 나에게 인내를 요구했고, 이들을 만나고 이들과 함께 살아가는 또 하나의 가족인 순록. 다시는 볼 수 없을 것 같은 절박함이 그 힘들었던 시간을 잊게 했다. 도저히 사람이 살 수 없을 것 같은 깊은 산중에 움막과도 같은 천막을 치고 살아가는 사람들. 내가 소유한 것들 중에 필요치 않은 것들이 얼마나 많은지 알게 됐다. 말 위에서 20시간이 넘게 보내야 했던. 처음엔 낯설고 불편했고, 그 다음엔 말이 나와 친구가 되었다. 그 말이 전해준 체온이 지금도 느껴지는 듯하다. 몽골, 정말 아름다운 시간을 보낼 수 있었다.

사람을
담는다

여행을 마치고 돌아오면 남는 것은 그리움이다. 아름다운 풍광에 대한 아련함. 미칠듯이 힘들었던 경험들도 시간이 지나면 다 아련하게 그리움으로 남는다. 돌아온 지 겨우 3일이 지났지만 난 아직 그곳에 있는지도 모른다. 아름다운 자연을 벗 삼아 살아가는 사람들. 끝이 없는 초원을 달리던 시간들. 그 당시에는 잘 모른다. 그 시간이 얼마나 소중하고 행복한지를. 아직도 몸이 뻐근하게 조여 온다. 아마도 오랜 시간 말을 타면서 긴장된 근육들이 뭉쳐서일 것이다. 여행은 많은 것을 추억하게 하지만 그래도 나에게 남는 가장 소중한 것은 사람이다. 눈빛을 마주친 사람들. 그 사람들이 나를 향해 바라보는 그 순간. 사람을 담는 사진은 참 어렵다. 그러나 그 어려움을 즐기는 순간이 될 때가 온다. 마음을 열고 그들의 눈을 바라보면서 누르는 셔터에는 생명력이 있다. 사람, 사진을 찍는 이유다.

꿈꾸는
여행

18년 전 처음 로마에 배낭여행을 갔었다. 온 도시가 박물관 같았던 곳. 그 찬란한 로마의 매력에 마음을 뺏기고 눈을 뺏겼다. 바티칸 베드로성당을 보면서 충격을 받았다. 너무나 섬세한 아름다움에. 성당을 보고 나오면서 입구에서 만난 사람. 돌기둥에 기대어 책을 읽고 있는 여행자의 모습이 발길을 잡아끌었다. 내가 가장 하고 싶은 여행. 특별한 것을 보지 않아도 특별한 생각을 하지 않아도 좋은 시간. 내가 떠나온 이곳에서 편하게 책 한 권 읽을 수 있는 여유로움. 가장 여행자다운 모습이었다. 이 여행자는 오랫동안 내 여행의 가장 멋진 롤모델이었다. 공원에서, 카페에서 그리고 거리에서 털썩 주저앉아 시간을 즐기는 것. 그렇게 여행은 떠나온 곳에서 자유를 즐기는 것이다. 오랜만에 찾은 이 한 장의 사진은 그 시간 속으로 여행을 하게 한다. 다시 커다란 배낭을 등에 지고 여행을 떠나고 싶다. 촬영이 아닌 나만을 위한 그런 여행. 다음 목적지를 가기 위해 플랫폼에서 배낭을 등 뒤에 두고 기대며 기차를 기다리던 그 자유로움.

마주침

눈과 눈,
마주치는 그 짧은 시간,
내가 바라보고 아기가 바라보고 서로 눈빛을 주고받는다.
그렇게 그냥 아기를 한없이 바라본다.
그 눈 속에 빨려 들어가는 것을 느끼며.

헌신
그리고
운명

울릉도에서 시선을 오래 잡아끈 것은 아름다운 바다도 그 이상의 풍광도
아니었다. 뜨거운 햇살을 등에 지고 작은 호미 하나로 밭을 고르고 있는
노인의 모습이었다. 땅에 무릎을 꿇고 잡풀을 정리하는 노인의 모습이
길을 멈추게 했다. 나무 뒤에 숨어서 한참을 그렇게 바라봤다. 그 길지
않은 시간, 왜 그렇게 많은 생각이 지나갔는지 모르겠다. 그날의 감정을
말하긴 힘들다. 너무 복합적인 감정들이 뒤범벅이었으니까. 그냥 이렇
게 기억하고 싶다. 우리의 아버지, 그렇다 우리의 아버지다. 자식들의 안
위를 위해 자신의 몸을 삶의 도구로 사용하시던 그 헌신의 몸짓.
나는 담배를 피지 않는다. 그런데 이날 노인이 입에 문 담배는 참 달콤해
보였다. 작은 휴식 같았다. 태어나서 처음으로 누군가에게 담배를 선물
하고 싶은 마음이 들었다. 만약 입에 문 저 작은 담배가 없었다면 더 쓸쓸
해 보였을 것이다. 그렇게 한참을 숨 죽이며 노인의 몸짓들을 카메라에
담았다. 왜 담는지도 모르는 채.
노인이 살아온 운명처럼 이날의 사진은 나에게도 살아가는 운명이었다.
요즘 스스로 힘들다고 토해내는 내 한숨소리를 자주 듣는다. 바보처럼,
그렇게 나를 스스로 약하게 하는 내 한숨소리를 이제는 거두려 한다. 할
수 있다는 용기를 스스로 불어넣고자 한다. 그렇게 살아왔듯, 앞으로도
그렇게 살아가고 싶다.

커피 한 잔
그리고 사진

커피의 원산지 에티오피아에서의 여행은 참 행복했다. 도심에서도 그렇지만 시골 어디를 가도 커피를 마실 수 있는 특별한 나라. 신선한 커피를 그 자리에서 볶아 전통 방식으로 만들어주는 커피 세리머니. 에티오피아를 여행해본 사람들은 안다. 한 잔의 커피가 얼마나 특별한 맛을 나타내는지. 그 한 잔의 커피가 갖는 의미가 얼마나 크고 깊은지. 에티오피아를 떠나오면서 가장 아쉬웠던 것. 다시는 저 커피를 마실 수 없을지도 모른다는 생각. 에티오피아에서도 가장 유명한 커피 생산지인 예가체프의 농장에서 맛본 커피 한 잔. 가을이 오는 길목에서 지독하게 생각나는 그리움이다.

고운 미소

선택을 해야 할 일들이 많다. 중요한 선택을 할 때쯤이면 여행에서 만난 사람들을 생각한다. 그곳을 향해 마음을 열면 길이 보일 때가 있다. 이기심으로 가득 차 있던 내 안의 욕심들을 조금이라도 덜어낼 수가 있을 것 같다. 작가란 무엇인가? 내가 먼저 설레지 않으면 누구도 설레게 할 수 없다. 마음으로 다가갈 수 있는 그런 사진들을 보여주고 싶다. 고운 미소가 그리운 날이다. 내안의 감정들이 곱게 드러났으면 좋겠다.

지금

지금 너의 눈망울이 보석처럼 빛나는 것처럼 어른이 되어도 지금처럼 빛나기를. 지금 그 맑은 눈동자가 호수인 것처럼 어른이 되어도 여전히 깊은 호수 같은 눈동자로 남겨지기를. 지금 바라보는 세상이 천국인 것처럼 어른이 되어 척박한 세상을 만나도 스스로 천국을 만들어볼수 있기를. 지금 나를 바라보는 것처럼 인연의 끈이 이어져 다시 볼 수 있기를.

그것이 욕심일지라도. 나는 소망한다.

하늘 위에서
꿈을 꾸다

외국에 나가기 위해 비행기를 탈 때마다 가급적이면 창가의 자리를 요청한다. 하늘을 나는 기분을 만끽하고 싶어서다. 그리고 시시각각으로 변하는 하늘의 아름다움을 카메라에 담고 싶어서다. 구름 위 하늘 아래를 지날 때 느껴지는 희열. 지상에서는 절대로 맛볼 수 없는 변화무쌍함이다. 마치 뛰어내려도 밑으로 떨어질 것 같지 않은 포근한 구름들. 여행을 마치고 집으로 돌아오는 하늘에서 바라본 저녁 노을의 찬란한 색감을 어찌 잊을 수 있을까? 하늘은 마치 커다란 캔버스 같다. 어제의 하늘이 다르고 오늘의 하늘이 다르다. 비행기 창가에서 보여지는 세상에서 가장 큰 갤러리. 그 아름다움에 취해 그렇게 여행을 떠난 것인지도 모를 일이다. 덤으로 얻어지는 선물이라고 하기엔 너무나 귀하다.

하늘을 날다

페루 제2의 도시 아레끼파(Areqipa)에서 세상에서 가장 크다는 콘돌을 보고 페루의 배꼽이며 한때 잉카제국의 수도였던 쿠스코(Cusco)로 돌아 오는 국내선 비행기 안에서 바라본 풍광. 사람이 살 수 없는, 그래서 더욱 신비로웠던 캐년의 모습이 눈길을 잡아끈다. 이날은 분명 행운이 함께 한 날이었다. 하늘도, 구름도 그리고 만년설도 모두 카메라에 담을 수 있었으니.....? 쉴 새 없이 비행기의 창가에서 셔터를 눌러댔던 그날의 감동. 덩달아 주변의 사람들도 카메라 셔터를 눌러댔다. 다시 이곳의 하 늘 위를 날아갈 수 있을까? 다시 이런 풍광을 가슴에 담을 수 있을까? 꿈 꿔본다. 그날을.

친구를 얻는
방법

아주 바보 같은 생각이었다. 살아가면서 주변의 아픈 사람들을 끌어안아야 한다는 생각. 참 바보 같은 생각이었고 선택이었다. 나 하나도 감당하기 벅찰 정도로 연약하고 부족한 존재인 것을. 이제 버려야 할 것들을 끌어안는 어리석은 삶은 살지 않아야 한다. 20년이 넘게 사투를 하며 힘겨운 시간들을 보내면서 살아왔다. 아무도 모르는 고통들을 견디며. 그 고통의 시간들이 지금의 나를, 지금의 사진을 만든 자양분이다. 그래서 그렇게 나와 같은 사람들에게 연민을 느꼈었다. 좋은 친구를 얻는 방법은 쉽다. 친구를 위해 자신을 희생하는 것. 아무것도 희생하지 않고 친구가 되려는 이기적인 사람에겐 평생 함께 갈 친구가 있을까? 부족한 나를 위해 작은 희생이라도 할 줄 아는 친구들이 있어서 참 다행이다. 이제 앞만 보고 달려가야 한다.

오랜
믿음과
친구

오래된 것들에는 믿음이 생긴다. 오랜
시간 견뎌낸 세월이 있기 때문이겠지.
세월을 머금은 담장에 자라나는 생명
이 소중해보인다. 믿음을 준다는 것, 오
랜 시간 함께 한 사람에게서 느낄 수 있
는 신뢰겠지. 나에게 그런 친구가 있나
생각해본다. 참 다행이다. 지금 이 순간
그런 친구가 생각난다는 것은.

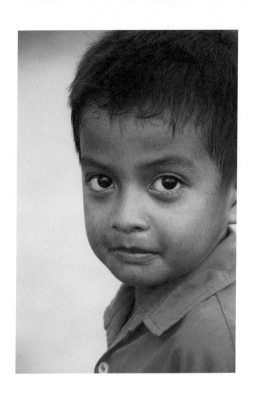

팔라완의
아이들

팔라완의 날씨는 무척 덥다. 더위와 함께 느껴지는 후덥지근한 습도는 몸을 지치게 한다. 하루 종일 카메라를 메고 시장을 돌아다녔다. 열심히 살아가는 사람들에게서 삶의 소중함을 배운다. 물가가 무척이나 저렴해서 마음 편히 과일을 사먹을 수 있다. 바나나, 파인애플, 망고 등등. 넘쳐나는 과일을 보는 것만으로도 행복하다. 동남아를 여행할 때면 과일을 많이 먹게 된다. 한국에서는 많이 먹을 수 없었던 신선한 과일들이 유혹한다. 오늘 마지막 일정으로 어촌을 찾았다. 하루를 마무리하는 곳으로는 노을 지는 바닷가가 좋을 듯싶었다. 아기를 배 위에 올려놓고 잠든 아빠의 모습이 사랑스럽다. 그곳에서 만난 꼬맹이들의 천진난만한 모습이다. 이곳은 아직 관광객이 많이 오지 않는 곳이어서인지 신기한 듯 바라본다. 사진을 찍고 보여주고를 반복하다 보니 어느덧 정이 든다. 아이의 맑고 밝은 웃음이 나에게도 전염되어 온다. 그렇다. 생각해보니 참 오랜만에 웃어보는 듯하다. 내일은 또 어떤 일들이 있을까?

그리움이라는
열병

아마도 그리운가보다. 자꾸만 파리의 사진을 들춰보는 것을 보면. 마음은 이미 떠났는데 몸은 이곳을 방황하고 있으니. 당분간은 나를 던져놓고 싶다. 유럽의 기차역에서 하염없이 기차를 기다리던 그 시간들. 목적 없이 바람따라 흘러가던 그 시간들. 그곳으로 나를 던져놓고 싶다. 가을인가보다. 마음이 이렇게 흔들리는 것을 보니.

지독히
아름다웠던

석모도에서 돌아오는 배 안에서 바라본 태양은 아름다웠다. 한낮의 뜨거운 열기를 뿜어낸 그 태양과는 너무나 달랐던 달콤한 크림색 석양. 선글라스를 끼지 않아도 똑바로 바라볼 수 있을 만큼 부드럽던. 여행을 꿈꾼다. 진정한 여행을. 아무것도 하지 않아도 좋을 그런 여행을. 20여 년 전 설레던 마음으로 배낭 둘러메고 떠나던 그날의 설렘과 감동을 다시 느낄 수 있을까? 나는 사진가이기 전에 여행가로 불리고 싶다. 늘 두렵던 낯선 곳에서 익숙함으로 돌아오던 편안함. 다시 그날들을 찾고 싶다. 석모도에서 돌아오던 날 오후는 지독하게 아름다웠다. 태양도, 갯벌도, 바람도, 내 곁을 스쳐지나가는 갈매기도.

바오밥 나무의 추억

처음 한국에 마다가스카르의 바오밥 나무를 소개한 지 7년이 지났다. 그
이름도 낯설던 바오밥 나무는 어느덧 사람들에게 친숙해졌다. 인터넷의
힘이란 그렇게 대단하다. 나는 지금도 잊지 못한다. 처음 바오밥 나무를
만났을 때의 엄청난 충격과 감격. 그리고 감동. 바오밥 나무 앞에 서 있
는 동안 심장이 얼마나 크게 뛰던지. 그 이후로 5번 더 그곳을 찾았다.
그럼에도 난 갈 때마다 떨리고 설렌다. 이 멋진 나무 앞에서 나는 어린
왕자가 되기도 하고 철없는 어른이 되기도 한다. 나는 7번째 마다가스
카르에 가려고 한다. 여전히 내 가슴을 뛰게 하는 바오밥 나무 아래서
바보처럼 행복한 미소를 짓게 될 것이다. 마다가스카르와 바오밥 나무.
어느 순간 나와는 운명처럼 엮어졌다. 그 뗄레야 뗄 수 없는 인연이 감
사하다.

선물

아이에게 뭔가를 주고 싶었는데 아무리 생각해도 줄 만한 게 없었다. 그
래서 지갑을 뒤졌더니 작은 증명사진 한 장이 나왔다. 아이에게 사진을
건넸다. 아이는 당황스러운 듯 멈칫거렸다. 한참을 그렇게 사진 속의 나
와 눈앞의 나를 번갈아 쳐다봤다. 과연 이 작은 한 장의 사진이 선물이 될
수 있을까? 알 수 없지만 그렇게라도 뭔가를 손에 쥐어주고 싶었다. 그
사진. 지금은 어디에 어떤 모습으로 있을까? 나는 그 아이에게 어떤 모습
으로 기억되고 있을까?

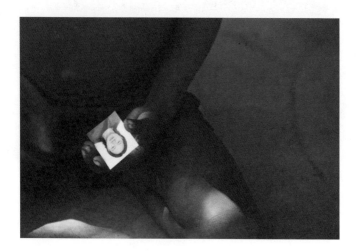

2010년 첫 만남

2011년 두 번째 만남

팔라완 그리고 바다

팔라완의 바다는 참 잔잔하다. 그 잔잔하고 고요함이 가슴을 진정시킨다. 이른 아침에 창을 열고 바라본 바다는 나에게 말을 걸어오는 듯하다. 잘 왔다고. 참 잘 왔다고. 나와 바다가 나눌 수 있었던 소통. 내가 바다를 보고 위로 받을 수 있다는 사실. 왠지 바다가 나를 안고 있다는 느낌.

같은 마음

바라보다.
함께 같은 마음이 되어 바라보다.
남자가 바라보는 애틋한 눈빛을 잊을 수가 없다.
같은 마음이 되어야 한다고 생각하지만
얼마나 같은 마음으로 다가갈 수 있을까?
복잡한 감정이 남자의 눈빛에 가득하다.

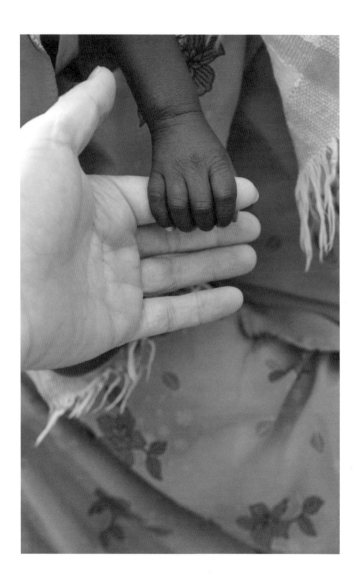

신뢰
쌓아가기

사람을 생각한다. 사진을 만들기 전에 기다림이 없으면 무슨 생명력이 있을까? 사람을 먼저 생각해야 한다. 그 진리를 잊지 않기 위해 마음을 잡는다. 내가 만난 낯선 사람들. 내 안으로 들어오는 시간을 기다린다. 아기가 먼저 내 손을 잡을 때까지 기다리는 시간이 필요하다. 내가 잡은 것이 아니라 아기가 먼저 그 앙증맞은 손으로 나를 잡았다. 손끝에 전해지는 작은 설렘. 따뜻함. 사람과 사람 사이의 여백은 보이지 않는 감정이 연결되어 있다. 그 보이지 않는 연결선을 찾는 시간. 서로를 신뢰하기 위한 여백이다.

아침 안개

아침 안개 사이로 오토바이를 탄 남자가 나타났다. 한치 앞을 볼 수 없을 정도로 자욱한 안개는 묘한 분위기를 풍겼다. 아프리카에서 만나는 안개는 왠지 특별해 보였다. 이날은 나에게 행운이 오는 날이었다. 적어도 사진을 찍는 나에게는.

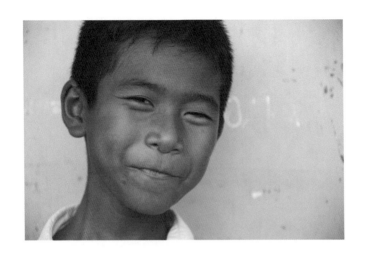

기다림

사진을 기다림의 예술이라고 말한다. 서둘지 않고 천천히 알아가는 시간이 필요하다. 그 알아가는 과정을 소중히 여기는 사람이 좋은 사진을 담는다. 마음을 열고 다가가면 상대방도 마음을 열고 다가온다. 그 절대적인 믿음의 시간을 지키는 것이 중요하다. 나는 서둘지 않았는지. 나는 내 욕심만 앞세웠는지. 생각해봐야 한다.

소년에게 다가간 시간이 넉넉하지 않았지만 내 카메라가 편해짐을 느낀다. 그렇게 나와 소년은 같은 마음으로 시간을 즐긴다.

나는
당신이 궁금해요

호기심.

인연은 그렇게 호기심에서부터 시작된다. 수줍음 많던 소녀
는 한참을 그렇게 눈을 마주친 후에 벤치 의자 뒤로 작은 몸
을 숨겼다. 난 분명히 봤다. 벤치 의자 틈새로 나를 바라 보
던 호기심 가득한 눈빛을. 호기심. 그리고 관심.

짧은 시간, 스치는 인연도 소중하게 다가왔던 오후.

아이는
별이다

나는 사랑을 잘 모른다. 그러나 사랑이 느껴지는 순간에 그 감정이 어떤 것인지는 어렴풋이 알 것 같다. 아이의 맑은 눈을 바라보는 표정에서 사랑이 보인다. 세상에서 가장 아름다운 모습이 아닐까? 많은 사랑이 존재하지만 그 많은 것들 가운데 아이에 대한 사랑은 더욱 아름답다. 아이는 세상에서 가장 빛나는 별이다. 밤에만 빛나는 별이 아닌 낮에도 빛나는 별이다. 그렇게 아이는 별처럼 빛났고 그 아이를 바라보는 여인의 모습도 빛이 났다.

천사들

낯선 곳으로 여행을 떠나고 사람들을 만나고 그 사람들 속에서 나를 만
난다. 특히 아프리카에서 만나는 아이들의 눈동자를 볼 때는 마치 천사
를 보는 듯한 착각을 불러 일으킨다. 아프리카에서 돌아와 사진을 정리
하면서 나는 또 한번 천사들을 만난다. 그 천사들이 한없이 그립다. 그
천사들에게 돌아갈 날을 꿈꾼다. 아마 이 그리움 가득한 꿈은 오래도록
이어질 거라 생각한다. 이 한 장의 사진 속에는 작은 아픔이 있다. 그건
나만이 느끼는 것일지 모르지만 그냥 마음이 아리다. 내 어린 시절을 생
각나게 하는 그 아련함. 사진이란 동시에 참 여러 가지를 생각하게 만든
다. 그래서 사진이다.

오후의 빛과
소녀

오후의 빛이 참 아름다웠다.

그 아름다운 빛으로 아이들이 들어왔다.

한참 동안 장난을 치던 소녀가 쑥스러운 듯 도망쳤다.

오후의 따뜻한 빛이 그 소녀의 뒷모습을 감쌌다.

소녀는 오늘 집에 가서 이야기를 나누겠지.

나와 만난 짧은 시간들에 대해.

그렇게 짧은 추억은 하나둘 쌓여간다.

익숙한
것으로부터 오는
행복

내가 이곳에 있었다는 사실이 잘 믿기지 않을 때가 있다. 천국과 같은 그
평화로운 마을에 있었던 그 시간을 통해 나는 세상이 아름답다는 것을
알았다. 그곳의 아이들이 보내는 미소를 통해 사람이 아름답다는 것을
알았다. 어린 시절 동네 저수지에서 동무들과 놀던 시간 속으로 들어가
게 했던 아이들. 새로운 세상을 보는 설렘으로 떠나는 여행. 그러나 나는
새로움보다 나에게 익숙한 과거를 만날 때 행복을 느낀다. 낯설지 않은
것들로부터 오는 편안함. 왠지 다른 세상의 나를 만나는 듯, 꿈꾸듯 여행
했던 에티오피아가 그립다.

사진을
담는다

사진을 찍는다는 것은 무엇일까? 나는 사진을 찍는다는 표현보다 사진을 담는다는 표현을 자주 쓴다. 사람의 눈은 진실하다. 아프면 그 아픔이 눈에서 느껴지고 슬프면 그 슬픔이 눈에 나타난다. 마음을 담는 사진을 찍는 것은 쉽지 않다. 그들과 같아지려는 마음이 우선되어야 하는데 그것 또한 쉽지 않다. 아이티에서 만난 할머니의 눈은 참 슬펐다. 그 눈을 바라보는 내 마음도 같은 슬픔을 느꼈다. 이유를 묻지 않아도 알 것 같았던 그 눈이 오래도록 기억에 남는다. 안부를 묻는다. 건강하시길. 상처를 딛고 일어나시길. 바래본다.

희망을
날리다

희망을 날리고 있다고 생각됐다. 복잡한 시장 골목, 차를 타고 이동하던 중 눈에 들어온 소년. 쓰레기 더미 위에서 종이연도 아닌 스치로폴 일회용 접시로 만든 보잘것없는 연을 날리는 소년의 뒷모습이 왜 그렇게 발길을 잡았는지. 파란 하늘 위에 떠오른 것은 소년에게 희망일 거라고 생각했다. 너무나 가난한 그래서 사람들마저도 각박해진 아이티의 참담한 현실에서도 소년은 희망을 놓지 않기를 바랬는지 모른다. 차에서 내려 소년의 등 뒤에서 셔터를 눌렀다. 희망, 그래 저 아이는 희망을 날리고 있는 거야. 나는 그렇게 스스로를 위로했는지 모른다. 아파서, 너무나 아픈 현실 앞에서 난 아무것도 할 수 없었기에. 마음속에 희망이라도 품고 싶었다.

사막에서의
하루

하루 종일 황사가 불어왔다. 입을 굳게 다물고 있어도 모래가 입안에서 돌아다닌다. 수단의 수도 하루쿰에서 외곽으로 빠지는 검문소에서 발목을 잡혔다. 여행허가증이 없다는 이유로 발이 묶인 것이다. 경찰에게 여권을 가져가서는 여기저기 연락을 한다. 오도가도 못한 채 모래바람을 맞으며 몇 시간을 그렇게 사막에 서 있었다. 그때 나타난 화려한 컬러의 버스 한 대. 버스가 멈추자마자 사람들이 우르르 달려간다. 이유는 버스 승객에게 물건을 팔기 위해서다. 우리로 치면 간이휴게소인 셈이다. 지루한 기다림 끝에 만난 독특한 모습. 한참을 바라봤다.

해후

오랜만에 만난 사람에게 반가운 존재가 될 수 있는 사람. 그런 사람이 될 수 있다면. 오후의 햇살이 참 평화로웠던 호주 해변가 카페에서 오랜만에 만난 듯한 두 사람. 참 행복해보였다. 참 편안해보였다. 숨이 넘어갈 듯 호탕한 웃음을 동반한 포옹이 참 부러웠다. 그렇게 나도 누군가에게 반가운 사람이 될 수 있다면.

몽소 공원에 가실래요?

쓸쓸한 날,
마음은 외롭고
가슴은 허전했지만,
간간히 내리는 비를 맞으며 걸었던 몽소 공원 (Monceau Park)에서의
시간은 추억이 됐다.
아름다움은 언제나 그렇듯 외로움에서 더욱 빛난다.
떠나오기 전 날 꼭 한번 찾아오고 싶었던 몽소 공원에서
또 다른 파리를 만났다.
파리를 여행하신다면 꼭 한번 들러보시길.

파리
카페

파리 여행 때 숙소 앞에 있는 작은 카페에서 마시던 에스프레소와 일명 하트빵입니다. 전철에서 내리면 바로 앞에 있는 빵집 겸 카페인데 외곽에 있어서인지 가격이 아주 저렴하더군요. 2주가량 거의 매일 들러서 주인과 눈인사 하고 에스프레소 한잔으로 하루를 마무리했던 기억이 납니다. 다음에 다시 파리에 가게 되면 꼭 들러보고 싶은 가게입니다.

추억과 과거

누구나 과거의 사랑은 아름답다.

때론 아프게 기억되기도 하지만 그래도 젊은 과거는 찬란하다.

나에겐 추억할 만한 사랑이 있는지 생각해본다.

지난 시간은 과거가 되기도 하고 추억이 되기도 한다.

과거는 아픔을 동반하고 추억은 아름다운 시간을 동반한다.

핑크빛
봉지

빛이 강렬한 역광인 경우엔 모든 것이 흑백톤으로 보이기 마련이다. 이
날은 모처럼 파리에 햇빛이 나타난 날이다. 며칠 동안 비가 내려 우중충
한 기분은 이내 사라지고 도시는 다시 활기를 찾아간다. 골목마다 많은
사람들이 파리를 탐닉한다. 익숙한 듯 거리를 걸으면서 눈에 보이는 것
과 보이지 않는 것들을 살펴본다. 그러다가 눈앞에 역광으로 유난히 눈
에 띄는 핑크빛 비닐봉지를 양손에 든 남자. 참 아름다운 색이라고 생각
했다. 왜 그렇게 느껴졌는지 알 수 없지만 이날 하루 종일 본 파리의 모습
보다 더 아름다운 남자의 걸음. 사람마다 생각하는 것은 다르다. 이날 내
가슴은 이 남자를 만나면서 더 열려졌다.

여행은
특별하지 않다

여행은 꼭 특별한 것을 필요로 하지 않는다. 거리를 걸으면서, 버스를 타면서, 지하철을 타면서 그들의 일상에 잠시 젖어보는 것. 거리의 표지판 하나. 길가에 세워져 있는 자전거와 오토바이. 그 모든 것이 나에겐 특별함으로 다가온다. 늦은 오후 조명이 켜진 가판대의 모습이 참 멋지다고 생각했다. 여행이란 내가 현지인들의 일상으로 잠시 들어가보는 것. 그것이 여행이라고 생각한다. 아프리카에서는 맘껏 자연에 취해보고 뛰어다녀보고, 뉴욕에서는 잠시 뉴요커가 되어보고, 파리에서는 잠시 파리지엔이 되어보는 것. 그냥 여행자는 잠시 그들과 같아지는 것. 그리고 우리가 미처 접하지 못한 그들의 문화를 누려보는 것. 그러다가 길가 카페에서 지나가는 사람들을 보면서 찐한 커피 한잔 마시는 여유를 누려보는 것. 차를 마시다가 옆 테이블 손님과 눈이 마주치면 여유롭게 눈인사를 건네주고. 그렇게 그 안에 있는 나를 스스로 축복해주는 시간. 그리고 가끔 빈티지숍에서 마음에 쏙 드는 낡은 가방 하나를 고를 수 있는 쇼핑의 시간을 가져보는 것. 그런 것이 나에겐 여행의 즐거움이다. 돌아와 다시 그 가방을 보며 그날을 추억하는 것. 나에게 여행은 언제나 특별하지 않았다. 무심히 기차역에서 다음 목적지를 준비하며 시간표를 바라보는 그때의 내 시선을 잊지 못한다. 가슴 설레던 그날의 시간은 무거운 배낭만큼이나 내 삶에 무겁게 간직되어 있다. 당신에게 여행은 무엇인가?

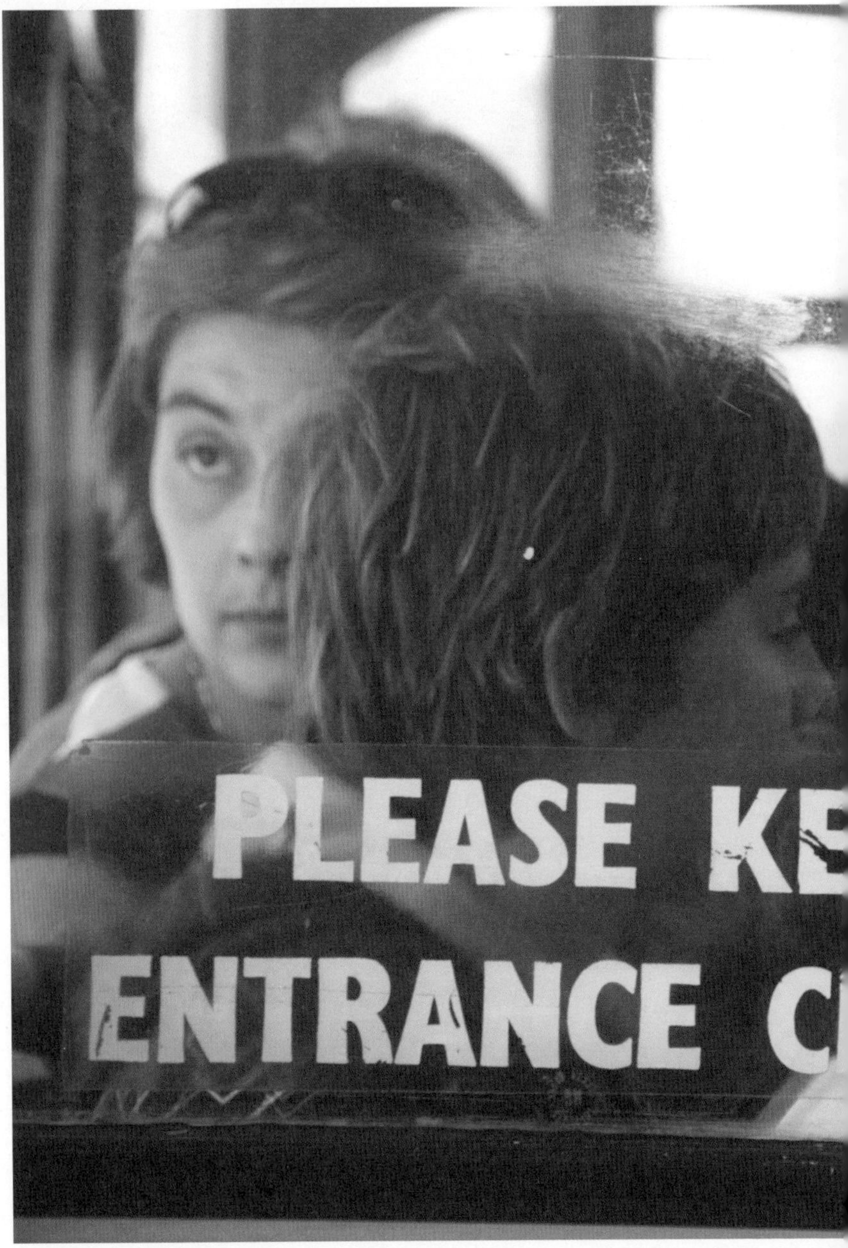
PLEASE KE
ENTRANCE C

맥주
한잔의 유혹

호주 멜버른에서 거리를 걷는데 카페 창가의 한 남자가 눈에 들어왔다. 남자는 책을 읽다 말고 자리에서 일어나 카운터에서 맥주 한잔을 주문해 들고 왔다. 나는 술을 하지 않는다. 몇 년 동안 나를 아는 지인들도 내가 술을 마시고 있는 모습을 보는 것은 어렵다. 그도 그럴 것이 그런 날은 일 년에 한 번 있기도 어려우니까. 이날 남자가 마시는 시원한 맥주 한잔은 정말이지 맛있어 보였다. 가던 길 멈추고 카페에 들어가 한잔 마시고 갈까? 하는 생각이 수없이 들 정도였으니까. 그렇게 남자의 편안한 휴식에 취해 카메라 셔터를 눌렀다. 사진 안에 보이는 또 다른 나. 가끔 내가 사진 찍는 모습이 궁금할 때가 있다. 아, 내가 저렇게 사진을 찍는구나. 결국 남자와 나 둘이 같이 찍은 사진이 됐다.

사진이란?

여행이란?

같은 의미를 만날 때 그 깊이가 더해진다.

날은 춥지만 그래도 카페에 크리스마스 트리를 해놔서 마음이 한결 포근했다. 지난해도 그렇고 올해도 잘 들리지 않는 캐롤송. 왠지 마음까지 포근해지는 그런 노래들이 세상에 많이 울려퍼졌으면 좋겠다.

무의도에서의
일상

갯벌 위로 안개가 피어오른다.

마치 구름 위를 걷는 듯 사람들은 아름다운 갯벌을 걷는다.

아이들은 끝없이 펼쳐진 갯벌에서 행복해보인다.

맘껏 진흙을 만지고 그 속에 숨어 있는 조개를 찾는다.

아이들에게 갯벌은 보물상자인지도 모른다.

아이의 표정이 참 귀엽다.

그건 어른들에게도 마찬가지다.

조개를 캐기 위한 갈고리를 든 얼굴에는 아이처럼

호기심이 가득하다.

갯벌, 우리가 지켜가야 할 소중한 자연유산이다.

이런
화장실
어때요?

세상에서 가장 아름다운 해우소(화장실)라고 생각했다. 눈부시도록 아름다운 티티카카 호수를 배경으로 서 있는 저 작고 앙증맞은 건물이 화장실이라니. 티티카카 호수는 잔뜩 구름이 끼여 있다. 파란 호수가 아름답지만 그래도 흐려서 뿌연 호수의 컬러도 운치가 있다. 지구상에서 가장 높은 곳에 위치한 가장 큰 호수. 페루인들에겐 가장 의미 있는 곳. 나 또한 시간이 지나도 잊혀지지 않는 곳이다. 이곳을 여행한 사람이라면 모두가 그렇게 기억할 것 같다.

눈과
눈

소년의 눈이 나를 불렀다.

잠시 침묵이 흐르고 난 후 난 소년의 눈을 카메라에 담았다.

마치 눈에 빨려들어가듯 소년의 눈은 맑고 힘이 있었다.

눈 속에 있는 나를 받아들인 소년의 넉넉한 마음에 감사한다.

서로를 바라보는 눈과 눈 속에서는 진실만이 소통한다.

분명 그렇게 나는 소년의 마음을 읽을 수 있었다.

사진은
심장을
뛰게 한다

오랜만에 국내 여행을 떠났습니다. 서울을 출발해 전남 증도-무안 - 해남 (고천암) - 강양항으로 이어지는 2박 3일 일정이었습니다. 보고 싶은 가창오리의 군무를, 기대한 만큼은 아니었지만 그래도 간간히 출현해 준 덕에 사진에 담을 수 있었습니다. 오랫동안 외국을 여행하면서 느끼는 것은 우리의 것이 얼마나 아름다운가였습니다. 깊이 바라보지 못했던 국내의 풍광들을 담고 싶다는 생각이 문득문득 가슴을 치고 올라옵니다. 가야 할 곳, 보고 싶은 곳, 너무 많은 곳들이 숙제처럼 남아 있습니다. 앞으로 기회가 될 때마다 우리의 것을 담는 작업을 하고 싶습니다. 현장에서 만나는 생활사진가들의 열정을 보면서 내 자신이 참 부끄러워지기도 합니다. 이른 새벽 일출을 찍기 위해 그 추운 날 바닷바람을 온몸으로 견뎌내는 사람들. 그리고 바로 직장으로 향하는 그분들의 사진에 대한 열정은 참으로 아름답습니다. 조금씩 나태해져 가는 내 자신을 다시 한 번 다잡아보는 계기가 되었습니다. 여행은 언제나 심장을 뛰게 합니다. 사진은 언제나 내 자신을 겸손하게 합니다. 그래서 멈추지 않고 차가운 카메라를 들게 됩니다. 그 차가운 카메라가 심장을 데워주기 때문입니다.

돌담

나이를 채워가면서 자꾸만 우리 것에 대해 생각이 많아진다. 하늘이 보이고 나무가 보이고 강이 보인다. 그 하늘 아래 살아가는 아름다운 사람들이 보인다. 그리고 유독 내 눈을 멈추게 하는 것은 오래된 담장이다. 돌과 흙으로 만든 이 아름다운 담장은 나에겐 추억이며 그리움이다. 돌하나를 정성스럽게 얹어 놓은 그 손길들이 어렴풋이나마 눈에 보이기 시작한다. 그래서 난 이 돌담장에 내 어머니를 그려넣고 내 아버지를 그려넣는다. 그리고 우리의 부모님을 그려놓는다. 그들이 손수 만든 이 담장은 그 자체로 예술이다. 그 예술품 앞에서 셔터를 누르며 난 행복을 느끼기 시작했다. 이 땅에서 나고 이 땅에서 자랐기에...

몇 년 전부터 한국의 돌담 작업을 하고 있다. 멍청하게도 우리가 얼마나 아름다운 것을 갖고 있었는지 모른 채 살아왔다. 주변을 둘러보면 모두가 소중한 것들인데도.

바다를
품에 안다

바다를 품에 안아본 사람은 안다.

인간이 얼마나 작고 나약한 존재인가를.

바다를 오래 여행해본 사람은 안다.

인간의 영역이 얼마나 한정적인가를.

바다를 사랑하고, 그래서 바다를 그리워하는 사람들은 아름답다.

바다의 향내가 그리워 떠나는 그 귀한 마음에는 바다를 닮은 마음이 있다.

춤추는 바다에게 연주는 필요치 않다.

바다 스스로 연주하고 노래하는 힘이 있기 때문이다.

바다가 연주하는 소리를 귀 기울여 들어본 적이 있는가?

육지를 향해 소리치는 울림을 들어본 적이 있는가?

매번 같은 소리의 반복 같지만 그 소리에는 매번 다른 울림이 있다.

우리의 삶도 매번 반복되는 것 같지만 실은 그렇지 않다.

나에게 하소연하는 사람이 있었다.

매번 반복되는 일상이 지겹다고.

살아가는 것과
살아내는 것

일주일간의 호주 출장을 마치고 돌아왔다. 여행만이 목적은 아닌 워크숍이기에 어느 정도 마음의 부담을 안고 떠난 여행이었다. 새로운 사람들을 만나고 그들의 한없는 열정을 보고 내 자신을 돌아보게 되었다. 저녁에 공항에 도착하니 핸드폰에 부재중 문자가 떠오른다. 친한 동생인데 모친상을 당했다는. 갑자기 가슴이 턱하고 막혀왔다. 몸은 천근만근 무거웠지만 후배와 함께 충남 예산으로 향했다. 늦은 시간이라 그런지 장례식장은 조용하기만하다. 우연인지 동생이 주차장에 있었다. 깜짝 놀라는 표정이다. 아직 호주에서 돌아온 것을 몰랐나보다. 걱정했던 것보다 표정이 좋아보여서 참 다행이라는 생각이 든다. 형제들도 여럿 있고 가족들도 많아서. 그래서 참 다행이라는 생각이 든다. 집에 돌아오니 새벽이다. 서울의 새벽 공기가 어깨 위를 누른다. 피곤이 몰려온다. 간단히 짐을 풀고 세탁기를 돌린다. 보일러를 튼 방바닥에 양말들을 펼쳐놓는다. 이제 정말 겨울인가보다.

뉴욕은
사랑을 한다

뉴욕의 가을은 사랑으로 가득 차 아름답다. 그 아름다운 가을 하늘 아래 서 있는 사랑하는 사람들은 그래서 더 아름답다. 이들의 사랑을 보는 여행자의 마음도 그들과 같이 되기를 소망한다. 어쩌면 우리 모두의 소망일지도 모르지만. 그렇게 부러운 가슴으로 셔터를 누른다.

뉴욕에서의
오후

뉴욕의 오후는 아련한 감정이 들게 한다. 화려한 브로드웨이를 벗어나 허드슨 강가에 나와 하늘과 바다와 강물을 본다. 그 위의 브루클린 브릿지는 내가 뉴욕에서 가장 좋아하는 다리다. 한가로이 떠 있는 하얀 요트가 참 평화로워 보인다. 하루를 마무리하기 위해 찾은 허드슨 강가에서 인사를 대신한다.

구름 위
산책

지난 시간들을 돌아본다. 참 많은 시간을 하늘에서 보냈다. 그때마다 새롭게 다가오는 하늘은 나에겐 황홀함이었다. 비행기 창가에 기댄 채 바라보던 구름의 오묘한 조화로움. 그 구름 사이로 새처럼 날아다니기도 하고 누워 잠을 청해보기도 한다. 가끔 철없는 어린아이 같은 생각에 잠겨 구름 위를 산책하는 듯한 상상도 한다. 하늘 위에서 바라보는 세상은 언제나 고요한 신비로움을 가졌다. 마음의 여유가 없는 이때 이렇게 지난 사진을 통해 나는 나를 찾아간다. 지쳐가는 나를 찾고, 감사하게 되는 나를 찾고, 새로운 힘을 얻는다. 지난 시간들은 다시 돌아오지 않지만 추억하는 것은 가능한 일이다. 그렇게 오늘 잠시 마음의 휴식을 갖는다.

여행과
인연

아이가 나에게 옆차기를 했다. 흠, 아빠가 옆에 있어서인지 자신감이 극에 달했다. 아이의 발길질이 왜 그렇게 유쾌하던지. 한 방 맞은 듯 배를 움켜잡았다. 그리고 고통을 호소하는 시늉을 했다. 아이는 그런 나를 보며 당당한 모습을 지었다. 승리자의 모습. 아니 어쩌면 악당을 물리친 영웅의 모습이었다. 그렇게 잠깐 나는 아이와 놀이를 했다. 카리스마 넘치던 귀여운 녀석. 분명 좋은 추억이다.

이곳은 옷을 파는 가게다. 집에서 옷을 만들고 그것을 마당에 내어 놓아 판매를 한다. 기껏해야 몇 벌 되지 않는 초라한 옷가게지만 왜 그렇게 풍족해 보이던지. 낯선 손님에게도 웃음으로 집안을 보여주던 넉넉한 미소의 아주머니. 여행자와 현지인은 친구가 되는 법을 스스로 알게 되는 것이다. 그렇게 잠시라도 마음을 나눈 것 또한 인연이다. 그 인연을 소중히 여기는 사람이 진짜 여행자가 아닐까?

카메라가
춤추다

스치듯 지나는 시간이 조용히 나를 성장시킨다. 때로는 멈춤도 휴식을 주지만 달리는 차창 밖을 바라보는 그 시간에 쉼을 얻기도 한다. 풍경은 그대로이고 나는 내 갈 길을 달리는 시간. 여행이 늘 여유로운 것만은 아니다. 사진이 늘 정지된 것으로부터 얻어지는 것도 아니다. 가장 절실한 감정이 떠오를 때 카메라는 내 안에서 새로운 사진을 탄생시킨다. 카메라가 먼저 말을 걸어온다. 어서 셔터를 눌러달라고. 그때는 카메라도 춤추고 나도 춤춘다. 내 손에 카메라가 없다면 얼마나 공허한 삶일까? 내 가슴에 바람이 들어오지 않는다면 얼마나 답답한 감정일까? 내가 지나친 모든 시간과 만남들에 감사한다.

잘 사는 것

세상을 가장 잘 산다는 것을 잘 모르겠다. 다만 내 자신
에게 비겁하지 않게 사는 것이라고 생각한다. 나에게
당당한 모습. 비록 커다란 대가를 치러야 한다 해도. 그
래야 잘 사는 거다. 남들에겐 바보 같은 선택이어도 자
신에게 충실하면 되는 거다. 그렇게 살자. 후회 없이, 바
보처럼. 오늘, 수단에서 만난 사막의 황량한 모래바람
이 나에게 들어왔다.

몽골에서의
인연

울란바트로에서 자동차로 끝이 보이지 않는 초원을 달린 지 10시간 정도 지날 즈음 무작정 찾아 들어간 전통 가옥 게르. 짐작하기로 3대 가족이 모여 사는 것 같았다. 낯선 이방인의 방문이 부담스러웠을텐데도 유목 생활을 하는 몽골 사람들은 자기 집을 찾아온 손님을 반긴다. 어쩌면 사람이 그리웠을지도 모른다는 생각이 들었다. 하루 종일 보이는 것이라곤 동물과 가족들뿐인 곳에 낯선 외국인의 방문은 이들에게 흥미로운 시간일 것이다. 게르 안으로 초대해서는 우유를 따라주고 직접 만든 몽골식 치즈를 한가득 내온다. 치즈는 흰색과 갈색 두 종류로 만들어졌는데 간이 되어 있지 않아 심심했지만 그래도 맛은 좋았다. 치즈를 내오고도 더 줄 것이 없는지 한참을 뒤적거린다. 밖에서 놀던 개구쟁이 꼬마놈들도 신기한 듯 게르 안으로 고개를 빼꼼히 내민다. 아직 어린이들이라 수줍어서 쉽게 마음을 열지 못한다. 가지고온 카메라를 보여주며 사진을 담았다. 게르 안이라 조금 어두웠지만 나름대로 빛이 부드럽다. 아이들의 얼굴이 담긴 카메라를 보여주면서 조금씩 친구가 되어갔다. 친구가 되고 마음을 여는 데는 항상 시간이 필요하다. 늘 그렇게 시간이 넉넉한 것은 아니지만 그 상황에서 최선을 다하는 것은 분명 중요하다. 감사의 표시로 가족사진을 담았다. 그렇게 짧은 인연은 사진을 남기고 헤어졌다. 다시 또 찾아가기는 어려운 것이다. 몽골의 초원은 너무나 광활하기 때문에. 그러나 언제든 이들과의 인연은 기억할 것이다. 짧은 인연이었지만 마음을 열어준 가족에게 감사를 보낸다. 오래도록 행복하시기를.

미소
그리고 추억

아이들의 미소가 마음을 녹인다.

아이들의 미소가 행복을 말한다.

아이들의 미소가 여행자에게 휴식을 준다.

그렇게 짧은 만남은 서로에게 사진을 남기고 나에겐 추억을 선물했다.

벌써 15년이라는 시간이 지났지만 난 이날의 시간들을 기억한다.

가족사진을
찍다

가족사진을 찍는다. 다양한 모습이지만 분명 어딘가는 닮은 부분들이
있다. 카메라 앞이 낯설어 어색하지만 그냥 이 모습 이대로가 좋다. 조
금은 어색하게 조금은 쑥스럽게 마음이 나타나는 사진이 좋다. 이들에
게 이 한 장의 사진이 두고두고 이야기를 만들어내는 추억의 선물이 되
길 바란다.

마다가스카르
그리고 인연

7년 전 처음 아프리카의 섬나라 마다가스카르에 갔다. 한번도 들어본 적 없는 이 땅에서 나는 사람을 생각했다. 한번도 본 적 없는 낯선 아프리카 사람들에게서 나는 사람이 얼마나 아름다운지 알게 됐다. 그 빛나는 눈으로 나에게 인사를 건네는 사람들. 그 빛나는 미소로 나에게 인사를 나누는 사람들. 내가 상상한 아프리카가 아니었다. 척박한 아프리카의 땅을 떠올렸던 나에게 마다가스카르는 분명 다른 세상이었다. 혼란스러운 마음을 정리하기 힘들었다. 마다가스카르. 이제 나에겐 인연과도 같은 이 땅을 날마다 그리워한다. 아니, 어쩌면 사람들을 그리워하는지 모른다. 마다가스카르를 다녀오고 나서 사람에 대해 이야기하는 것이 즐거웠다. 내가 만난 그 아름다운 사람들을 자랑하고 싶었다. 그렇게 마다가스카르는 조금씩 알려져 갔다. 어느덧 내 마음의 고향과도 같은 그곳을 그리워한다. 내 친구들이 있는 곳. 나를 반기는 아이들이 있는 곳. 그 땅에 나를 데려다 줄 비행기를 바라본다. 간절함은 현실로 다가올 확률이 높다. 꿈은 꿈을 꾸는 자에게 찾아오는 것처럼.

길을
걸어가다

오랜 세월 길을 걸으며 나를 만났고 나를 풀어놓았다. 지나는 바람조차
도 잠잠할 정도로 난 지독한 외로움을 움켜잡았다. 척박한 사막의 바람
이 흙먼지를 일으켰다. 흙먼지가 얼굴을 간지럽힌다. 눈을 뜨고 싶었지
만 눈이 떠지지 않는다. 앞을 보고 싶었는데 자꾸만 바람이 눈을 덮는다.
나는 누구이고 나는 지금 왜 여기에 왔는지. 내가 선택한 이 길 위의 삶은
소중하다. 너무 소중해서 감사를 입에 달고 산다. 그러나 나에게 감사가
나오기까지 20년 가까이 참 고된 시간을 견뎠다. 앞으로 나는 몇 십 년 더
길을 떠나야 하는데 이제는 견디는 것이 아니라 즐기고 싶다. 그렇게 될
수 있기를.

중독과
삶의 중심

누군가 나에게 "당신은 여행중독인가요?"라는 질문을 했다. 그때 나는 여행은 "중독이 아니라 내 삶의 중심입니다"라고 대답했다. 중독은 내 의지와 상관없이 살아지는 것이고 중심은 내가 만들어가는 것이다. 그렇게 여행과 사진으로 살아가는 것이 내 삶이다. 분명 거저 살아지는 삶이 아니라 내가 디자인하고 설계한 세상의 중심에 있는 것이다. 미래가 불투명한 이 삶이 결코 녹록하지는 않다. 그렇기에 많은 사람들이 포기하고 도전하지 못하는 것일 수도 있다. 20년 가까이 이 길을 가는 지금도 나는 순간순간 뒤를 돌아본다. 그러나 후회를 하지는 않는다. 후회하기에는 내가 걸어온 시간이 너무나 짧다. 나는 아직 진행형이기에 그렇다. 아직 더 도전해야 할 일들이 많다. 오늘은 그렇게 나를 돌아보는 날이다.

청파동

한동안 내가 살고 있는 청파동을 촬영했다. 골목 골목을 돌아다니다 보니 내가 모르는 곳에 이렇게 정겨운 공간이 있었나 싶다. 숨어 있는 골목 안에는 무심코 지나친 색 바랜 담장들이 눈길을 끈다. 그리고 어릴 적 친구놈들과 장난스레 눌러대고 도망쳤던 초인종이 옛 추억을 생각나게 한다. 생각해보면 나는 사진을 하면서 밖의 것들만 탐닉하고 다닌 것 같다. 내가 사는 곳에 대해서는 생각을 많이 하지 못했던 것 같다. 이제부터라도 주변을 돌아보는 시간을 가져야겠다. 오래된 담장은 지친 어깨를 기대고 싶게 만드는 푸근함이 있다. 지금은 비록 나 대신 자전거가 기대고 있지만 언제라도 내 지친 어깨를 기다려 줄 것 같다. 긴 세월을 견뎌온 것은 사람만이 아니라 담장도 함께였다는 것을 새삼 느낀다. 그러나 오래도록 그 자리에 견뎌줄 것 같지 않아 아쉬운 마음이 들기도 한다.

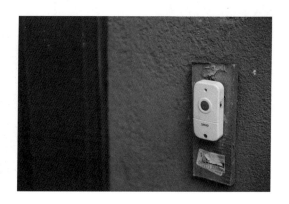

흰 눈이
세상을
덮을 때

몇 십 년만의 폭설이 있었던 날 카메라를 들고 산으로 가고 싶었지만 갑작스런 일들이 생겨 촬영을 가지 못했다. 그리고 며칠이 지난 후 아쉬운 마음으로 찾아간 호명산엔 눈이 많이 녹아 바라던 하얀 설산을 만날 수는 없었지만 그런대로 산의 아름다움에 마음을 맡길 수는 있었다. 해외로 많은 여행을 다니지만 우리나라의 산이 참 아름답다는 것을 느낀다. 서울에서도 멀지 않은 곳에 위치한 호명산은 이번에 처음 올라본 산이다. 자동차로 정상을 넘을 수 있어서 마음 편하게 촬영에 임할 수 있었다. 사진을 담는 내내 내가 태어난 이 땅의 정기를 몸으로 느끼고 싶었다. 1월하고도 한참이 지났지만 호연지기(浩然之氣)를 키우고 싶은 청년의 마음으로 돌아간 듯 가슴이 벅차 올랐다. 그렇게 짧은 여행이었지만 나를 성장시키는 시간이었다. 다시 흰 눈이 세상을 덮을 때 다시 한 번 이곳에서 산을 감상하고 싶다.

시간이
멈췄으면
좋겠어

평화로웠던 시간.

참 아름답다.

아름답다.

외치던 노란 유채꽃의 물결.

이 시간 "잠시 시간이 멈췄으면" 하고 바랬다.

그렇게 머물러 있고 싶었던 날.

사파(SAPA)는
그리움이다

1997년 처음으로 베트남을 여행했다. 호치민에서부터 시작된 여행은 후에와 다낭을 거쳐 하노이까지 이어졌다. 하노이에서 하롱베이를 가기 위해 기차역을 찾아가는 길이 왜 그리 어렵던지. 지금이야 하노이에서 하롱베이 가는 방법은 너무나 다양하고 많다. 여행사에 신청만 하면 숙소까지 데려와 주기도 하니까. 그만큼 여행자들이 많아졌다는 것이다. 하롱베이 가는 교통편을 놓치고 새로운 숙소를 예약하러 들어간 곳에서 우연히 전날 하노이에 오면서 만났던 호주 여행자들을 만났다. 사정 이야기를 들은 그 친구들은 나에게 혹시 〈사파〉를 아느냐고 물었다. 나는 그 당시 〈사파〉라는 지역을 알지 못했다. 처음 들어본 곳이라고 했더니 나를 여행사로 데리고 들어갔다. 그곳에서 벽에 붙어 있는 〈사파〉 사진을 보여줬다. 화려한 색상의 옷을 입은 사람들의 사진. 그 전에 한번도 소수민족을 본 적이 없었던 나는 그 사진들을 보면서 가슴이 뛰기 시작했다. 그런 내 마음을 알았는지 호주 여행자들은 나에게 그곳에 함께 가자는 제안을 했다. 그런데 아쉽게도 나는 한국으로 돌아오는 일정이 2일밖에 남지 않았다. 그렇다고 귀국 일정을 변경할 수도 없는 상태였다. 사정을 전해들은 호주 친구들은 오늘 밤기차로 가서 보고 그날 밤기차로 돌아오면 오전에 돌아오니 가능하다며 자꾸만 같이 갈 것을 제안했다. 결국 그렇게 예기치 않은 〈사파〉의 여행이 시작됐다. 하노이에서 밤기차로 라오까이 역까지는 거의 10시간을 가야만 한다. 그렇게 난생 처음 침대칸 기차를 타게 됐다.

이른 아침 국경도시 라오까이 역에 내려 미니버스를 타고 〈사파〉로 향했다. 구불구불한 산길을 돌아 올라간 산속의 마을 〈사파〉. 나는 다른 세상에 온 듯 〈사파〉의 바람에 푹 빠져들었다. 내가 살아온 세상과는 너무나 다른 세월을 비껴간 듯한 이곳에서 나는 여행자로서 얼마나 행복했는지. 그곳 사람들의 순수함 앞에 내 자신은 한없이 부끄러웠다. 비록 짧은 하루의 여행이었지만 나에겐 평생 잊을 수 없는 추억을 남겨준 그날 〈사파〉의 감동스런 여행은 나에게 〈SAPAWIND〉라는 아이디를 사용하게 했다. 그리고 10년만에 그 당시의 그리움을 안고 다시 찾아간 〈사파〉. 그런데 아쉽게도 10년 전의 고즈넉함은 찾아볼 수 없었다. 라오까이 역에는 이미 수십 대의 관광차가 늘어서 있고 도시에는 화려한 건물들이 들어서 있었다. 10년 전 미니버스 한 대만이 여행자들을 실어날랐던 때와 달리 요즘은 몇 십 대의 관광버스가 쉴 새 없이 〈사파〉로 여행자들을 실어날랐다. 10년 전 숙소라고는 작은 여관 하나가 전부였는데 지금은 셀 수 없이 많은 호텔들이 들어섰다. 농산물을 주로 팔던 시장은 온통 관광객들에게 기념품을 파는 곳으로 전락했다. 눈을 마주치는 것조차 쑥스러워 했던 아이들은 관광객들을 쫓아다니며 호객 행위를 한다. 농산물로 가득했던 망태기 안에는 관광객에게 팔 기념품들이 들어 있다. 개발이라는 이름 앞에 이들의 고유한 삶은 변해간다. 과연 어느 것이 옳은지 난 잘 모르겠다. 그러나 분명 아쉬운 것은 이들의 삶이 이전보다 더 풍요로워진 것은 아니라는 사실이다. 〈사파〉가 유명해질수록 이들의 삶은 돈으로 치장된 상혼주의에 물들어간다는 것이다.

내가 처음 만나고 느꼈던 그날의 순수가 점점 잊혀져 간다는 사실이 아쉽다. 이들의 망태기에 기념품이 아닌 싱싱한 농작물이 가득 채워지길 바라는 것은 욕심일까?

꿈(Vision)

꿈이 있나요?

나에게 10대 시절의 꿈은 시골 동사무소에 근무하는 것이었다. 동네 사
람들과 정답게 일하는 그런 모습을 꿈꾸는 것만으로 난 즐거웠다. 어른
들을 만나고 그 어른들에게 조금이나마 도움이 되는 일을 하고 싶었다.
그것은 아마도 내 부모의 모습인지도 모른다. 내 부모님은 어머니나 아
버지 같은 존재가 아닌 할머니와 할아버지 같은 모습이었기 때문이다.

그것은 자식이 많은 집안의 막내들이 겪는 아픔이기도 하다. 한번도 젊은 부모를 본 적 없는 막내의 운명이다. 그렇게 난 시골에서 욕심도 없이 조용히 평범하게 살고 싶었다. 생각해보면 그것이 얼마나 큰 욕심인가를 이제는 알게 됐다. 나는 10대의 꿈을 이루지 못했지만 30대에 꾼 꿈을 이뤘다. 평생 3권의 책을 내는 작가가 되겠다는, 어쩌면 그 당시에는 너무나 막연했던 꿈이다. 그런데 지금 그 꿈의 7배가 넘는 책을 출간했다. 책을 한두 권 출판하면서 생긴 욕심 하나. 교보문고에서 저자 사인회를 하는 것이었다. 그런데 나는 내가 꿈꾸던 그 광화문 교보문고 같은 자리에서 여러번 출판 사인회를 열었다. 그리고 내 40대의 꿈은 양수리 북한 강가에 살아보는 것과 근사한 갤러리 카페를 운영하는 것이었다. 40대 초반에 나는 북한강이 보이는 아름다운 강가에 3년 넘게 살았고, 40대 중반에 서울 청파동에 마다가스카르라는 갤러리 카페를 오픈했다. 이제부터 내 꿈은 새롭게 변하고 있다. 아니 성장하고 있다는 표현이 맞을지도 모른다. 내가 살아오면서 꿈을 실현시키는 그 시간들이 결코 녹록한 것만은 아니었다. 그러나 돌이켜 생각해보면 그렇게 꿈을 꾸면서 살아온 시간들이 있었기에 지금의 나도 있는 것이다. 내가 꿈을 하나씩 이뤄가는 동안 나를 도와준 많은 사람들이 있었다. 내가 하고자 하는 것에 옳다고 격려를 보내준 사람들. 정말 좋은 친구란 내가 하고자하는 일에 충고가 아닌 격려를 해주는 사람이라는 것을 알았다. 지금부터 내가 꾸는 꿈은 나만을 위한 것이 아닌 나눔을 위한 꿈이 되었으면 좋겠다. 사람들을 만나고 새로운 인연들이 하나둘 생기면서 새로운 꿈들이 생겨난다. 모두가 행복해지는 그런 꿈을 희망한다. 당신에겐 어떤 꿈이 존재하나요?

침묵

한참을 바라봤다.
그리고 조용히 서터를 눌렀다.
때로는 설명이 필요 없는 사진이 있다.
이 사진이 나에겐 그렇다.

믿음과
신뢰

이른 아침 갠지즈 강가에는 다양한 삶이 펼쳐진다. 아침 일찍 강가에 기도를 하러 나온 사람들. 지친 몸을 씻으러 나온 사람들. 그리고 관광객이나 순례자들에게 물건을 팔러 나오는 배도 있다. 이른 아침 아빠를 따라 함께 나온 소년의 의젓한 모습이 눈길을 끈다. 잔잔한 갠지즈 강을 닮은 아빠와 아들. 서로를 바라보는 모습은 그 자체로 믿음이며 신뢰다.

여백

사진이란 무엇인가? 그리고 좋은 사진이란 무엇인가? 이 질문에 정확한 대답을 하는 사람이 얼마나 될까? 가끔은 이런 생각을 한다. 사진은 다 보여주는 것도 중요하지만 어느 정도는 보는 사람들에게 상상할 수 있는 기회를 주는 것. 어쩌면 그것도 사진이 갖는 매력일 거라는. 오늘 이 사진은 그런 의미에서 나에게 좋은 사진이다. 더 이상의 설명을 늘어놓지 않고 보는 사람이 상상하게끔 만드는. 사진에도 여백이 필요함을 새삼 알게 해준 사진이다. 그러고 보면 난 아직도 사진을 배워야 하는 초보다.

아프리카 컬러

아프리카 컬러는 화려하다.

왜 그럴까?

왜 아프리카의 컬러는 그렇게 정열적인 걸까?

아프리카를 여행하면서 알게 됐다.

그들과 호흡하고 그들과 춤을 추면서 알게 됐다.

아프리카 사람들이 왜 그렇게 화려한 컬러를 좋아하는 것인지.

기억으로부터
지워지지 않는
시간 여행

여행을 마치고 돌아와서도 잊혀지지 않는 풍광이 있다. 에티오피아
가 나에겐 그런 의미를 준 나라였다. 다나킬의 뜨거운 땅과 그곳의 사
람들. 내 안전을 위해 앞서 걸어가는 무장 군인들. 그리고 시메인산
으로 가는 길에서 만난 작은 마을의 버스와 사람들. 그 모두가 하나의
영화처럼 잊혀지지가 않는다. 내가 그곳에 있었다는 것조차 아련하
기까지 하다.

아침 햇살과
고양이

솔직히 말하면 나는 고양이를 그리 좋아하는 편은 아니다. 그렇기 때문에 고양이 사진을 많이 촬영하지도 않았다. 그런데 이 고양이는 달랐다. 아기 고양이어서인지 하는 행동이 남달랐다. 에티오피아에서도 커피가 가장 좋다는 '예가체프'의 호텔에서 만난 이놈에게 잠시나마 마음을 빼앗겼다. 아침 햇살이 고양이를 더욱 돋보이게 했다. 아침 식사를 하는 내내 주변을 맴돌던 녀석. 가장 멋진 곳에서 가장 근사한 포즈를 취했다. 어찌 셔터를 누르지 않을 수 있단 말인가? 오랜만에 찍어본 새끼 고양이의 자태. 기분 좋은 순간이었다.

행복한
아이들

필리핀의 마닐라 작은 골목. 우연히 찾아들어간 골목에는 개구쟁이 꼬마놈들이 놀고 있었다. 한 눈에 봐도 장난끼 많은 녀석들에게 다가가 인사를 건넸다. 어쩌면 내 어린 시절의 추억이 고스란히 느껴지는 모습이다. 나도 몇 십 년 전으로 거슬러 올라가 아이들과 함께 웃고 떠들며 즐거운 시간을 보냈다. 비록 짧은 시간이지만. 그렇게 나는 아이들에게서 내 어린 시절을 찾아냈다. 세상에 아름다움은 어디든지 존재한다. 그 아름다움을 발견하고 즐기기 시작하면 행복은 저절로 다가온다. 좋은 사진을 담는 것은 결국 그들과 먼저 친구가 되는 것이다. 아이들과 작별 인사를 나누고 아쉬운 마음에 구멍가게에서 작은 과자 한 봉지씩을 선물했다. 지금도 들리는 듯하다. 아이들의 자지러지듯 질러대던 즐거운 웃음소리가.

거리의
예술가들에 취하다

숙소에서 나와 7호선 지하철을 타고 루브르로 가기 위해 환승역인 샤틀레(Chatelet) 역에 내렸다. 다른 전철로 갈아타기 위해 통로를 걷고 있는데 어디선가 아름다운 화음의 음악 소리가 들려온다. 혹시 2년 전 이곳에서 들었던 팀이 아닐까? 하는 마음에 소리가 들리는 곳으로 향했다. 맞다. 2년 전 마음이 허허로울 때 이곳에서 우연히 듣게 된 이들의 연주와 노래 소리는 얼마나 큰 감동이었는지 모른다. 각자의 악기를 갖고 연주하면서 각자의 목소리로 내는 노래는 정말이지 감동 그 자체였다. 아무런 음향 장치도, 아무런 조명도, 준비된 관객도 없는 어둡고 좁은 지하도에서 들려주던 연주와 노래. 하루 종일이라도 이들 앞에 앉아 감상하고 싶을 정도였다. 그런데 다시 2년만에 찾은 파리에서 그것도 같은 장소에서 연주하는 사람들. 화려한 무대가 아닌 지하도에서의 공연이 나에겐 더욱 큰 감동으로 다가왔다. 과연 예술이란 무엇인가? 잘 차려진 무대에서 보여주는 것만이 예술은 아니다. 어느 장소에서건 사람들에게 감동을 줄 수 있다면 그 자체로 예술이 되는 것이다. 비오고 습한 기운이 도는 쓸쓸한 날, 진심으로 연주하고 최선을 다해 부르던 이들의 공연은 나에겐 최고의 예술로 다가와 남았다. 같은 자리를 지키는 사람들, 다시 파리에 오면 또 다시 이들을 만나게 되길 바래본다. 같은 자리에서. 할 수 있다면 이들을 한국에 초대해 멋진 공연을 사람들과 나누고 싶다.

최선으로
선택한
침묵의 시간

이른 새벽 잠에서 깨어났다. 오랜만에 느껴보는 차분한 가을의 깊이가 만져진다. 정신 없이 달려온 시간들을 돌아본다. 앞으로 감당해야 할 많은 시간들도 생각해본다. 아주 가끔 혼자라는 생각이 들 때면 울컥할 경우가 있다. 아마 이렇게 고요한 새벽이면 더 그런 감정에 빠져드는 것 같다.

일주일째 몸이 좋지 않았다. 그러다 보니 덩달아 마음도 약해지는 것 같다. 한번도 스스로 약하다고 생각해본 적이 없다. 한번도 스스로 강하다고 생각해본 적도 없다.

언제든, 최선을 다하다 보면 약한 내가 강해지고

언제든, 최선을 다하지 않으면 강한 내가 약해진다.

그렇게 나는 만들어지는 존재다. 언제든 변할 수 있는. 내 인생을 스스로 계획하고 설계하며 살아간다. 지나온 시간보다 앞으로의 시간들이 소중하다. 지난해 다녀온 파리 사진들을 들척이면서 추억에 빠져본다. 참 아름답고 쓸쓸했던 도시. 가을이어서 더 그렇게 느껴졌던 것 같다. 이 새벽은 침묵으로 나에게 최선을 다하라고 한다. 분명, 그렇게 살아야 하리라. 우리 모두.

아이티를
떠나며

지진 피해로 집을 잃은 사람들이 새로운 터를 잡은 곳. 이곳에서 사람들은 새로운 인생을 시작한다. 1년 전만 해도 온통 텐트촌이던 곳인데 그 사이 텐트는 걷어지고 새로운 집들이 생겨났다. 이제 아픈 상처의 고통에서 조금은 벗어나는 듯싶어 마음이 한결 편하다. 지난해 이곳에 처음 와 보고 느꼈던 먹먹함과 절망이 아닌 희망의 소리들이 들린다. 이제는 복구라는 단어보다 개발이라는 단어가 더 어울려 보일 정도로 아이티는 변하고 있다. 지난해 올랐던 텐트촌의 언덕에서 다시 한 번 이들을 위해 마음을 열어본다. 언덕에서 만난 소년은 텐트촌을 바라보고 힘껏 팔을 펼쳤다. 왜 그렇게 느껴졌을까? 그 소년의 뒷모습은 마치 성악가가 하늘을 향해 노래를 부르는 것처럼 당당해보였다. 그 노래는 분명 희망이었을 거라는 바램과 함께. 아이가 바라보는 집은 분명 허름하지만 그 가난 속에서도 꿈을 꾸며 살기를 바랬다. 이제 3박 4일간의 아이티 일정을 마치고 다시 뉴욕으로 돌아간다. 1년 전 감정에 얽매여 도망치듯 아이티를 빠져나왔다면 이제는 그렇지 않다. 다시 올 수 있다면. 그렇게 나는 미련을 두고 이곳을 떠난다.

희망을
노래하는
아이들

말하지 못하는 장애를 가진 소녀의 눈빛이 무엇을 말하려는 것인지. 눈빛만으로도 소녀의 생각이 느껴진다. 희망을 이야기하고 싶었던 것은 아닐까? 왜 그렇게 생각되었던 것일까? 지진으로 학교가 무너지고 임시로 운영하는 학교에서 아이들은 새롭게 지어지는 학교를 바라본다. 그것은 마치 희망을 끌어올리는 것이 아닐까? 이들에게 학교는 분명 희망이고 미래다. 그 희망의 학교를 위해 노력하는 사람들. 그들이 있어 이 세상은 아름다운 것이 아닐까? 나는 이들의 눈빛과 이들의 생각이 같아지기를 바래본다. 희망으로 가득한 눈빛.

희망을 꿈꾸다

길에서 나는 사람을 꿈꾼다.

길에서 나는 사랑을 꿈꾼다.

길에서 나는 희망을 꿈꾼다.

길에서 나는 내 존재의 의미를 깊이 생각한다.

왜 그렇게 길은 나에게 의미를 부여하는지 모르겠다.

사랑이 깊어질수록 그리움이 깊어질수록 떠나는 시간이 길어진다.

베를린
그리고
나

베를린.

그 독특한 예술의 도시는 그곳을 떠나와서도 여전히 느낌은 전혀 떠나지 않는다. 거리의 사람들도 거리의 건물들도 베를린스럽다. 그곳을 거니는 내 모습도 어쩌면 베를린과 닮아 있는지 모를 일이다.

오랜 시간 마음에 담았던 거리를 걸으면서,

조심스럽게 카메라 셔터를 누르며 이 도시를 가슴에 안았다.

새벽 4시
베를린

베를린에 도착했다.

나는 왜 이토록 베를린에 오고 싶었던 걸까?

이유도 모른 채 나는 이곳을 그리워했다.

처음 도착한 이 도시에서 나는 예술혼을 느끼고 싶었다.

예술가들이 왜 베를린으로 몰려드는지 그 이유가 궁금했다.

거리에서 느껴지는 차분함.

조용한 도시.

아직은 잘 모르겠다.

시간이 지나면 내가 모르던 것들을 알아가겠지...

난 지금 베를린에 있다는 것, 그것만으로도 족하다.

모두 잠든 새벽 4시.

잠들지 못하고 있다.

아니 일찍 깨어났다고 해야 할까?

그렇게 베를린의 하루는 일찍 시작된다.

숙소에서 바라본 거리는 조용히 아침을 준비하고 있다.

건물들도, 그리고 이른 아침을 시작하는 사람들도.

영화처럼

영화관에서 영화를 보듯,
그렇게 부러운 마음으로 한참을 바라봤다.
참 아름답고 사랑스러웠던 연인들.
그렇게 나도 영화처럼 사랑을 꿈꾼다.

사랑하며.

한참을 바라본다.
한참을 생각한다.
부러움과 존경을 느낀다.
저렇게 살고 싶다.
서로를 바라보며 행복한 미소를 짓는.
함께 여행하며,
함께 세상을 공유할 수 있는 사람을 만나고 싶다.
그렇게 될 수 있기를.
그렇게 살 수 있기를.
그렇게 노력해야겠지.
사랑은 감정이지만 또한 노력이 따라야 함을.

사진 한 장

파리의 벼룩시장 중고 카메라 가게에 걸려진 사진 한 장.
보는 순간 빵 터져버렸다.
이 한 장의 사진이 이날 나에게 가장 큰 행복을 주었다.
사진 한 장으로 우울했던 감정을 모두 날려버릴 수 있다는 사실.
그래서 사진이 좋다.

지중해
밤바다

지중해.

어두운 밤바다.

숨소리보다 커다란 파도 소리를 들으며.

내가 여기있다는 사실을 상기해본다.

나는 떠나와 있고 그리움으로 바다를 바라본다.

무엇을 그리워할 것인지는 중요하지 않을지도 모른다.

내가 사랑하는 사람들.

나를 사랑하는 사람들.

같은 마음으로 서로 오래도록 행복할 수 있길.

그렇게 마음을 모아본다.

많은 것들이 보이지 않지만.

그래서 더 그리운지도 모르겠다.

일주일간의 알제리 여행.

내 방안에 있는 익숙한 물건들이 하나둘 눈에 들어온다.

고맙다.

내 공간.

나를 기다려 준 것 같은.

신념

에티오피아에서 왜 나는 그렇게 신념이 흔들렸는지 모르겠다. 내가 사랑한다고 고백한 이곳의 사람들이 아주 오래 전부터 나를 기다려왔던 것 같은 생각이 들었다. 왜 그런지는 모른다. 소년의 맑은 눈빛이 빛나던 순간을 기억한다. 나를 향해 빛나는 눈동자를 던지던 그 눈빛. 가족사진을 찍으러 온 어머니의 등은 한없이 낮은 상태로 굽어 있었다. 카메라를 든 손이 흔들렸다. 허리를 펴지 못하는 장애를 갖고 어떻게 아이들을 키우며 살아왔을까? 많은 생각과 감정이 흘렀다. 그럼에도 너무나 밝은 웃음을 보여주던 어머니와 아이들. 그래서 더 아렸는지 모른다. 신발을 받아든 아버지는 아들의 신발끈을 매어줬다. 신발끈을 매는 손길이 참 어색했다. 답답할 정도로 오랜 시간 끈을 맸다. 아마 처음으로 아들의 신발끈을 매는지도 모를 일이다. 그 어색한 아버지의 손길에서 사랑이 느껴져 뭉클했다. 아이의 검정 신발은 아프리카의 땅 위를 지배할 것처럼 당당해보였다. 너무나 많은 이야기들이 있다.

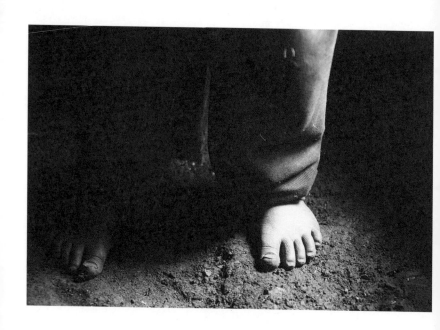

신발 1,000켤레 들고 떠나다

아프리카 여행 때 들었던 충격적인 말. 아프리카 어린이들에게 신발을 신겨주면 사망률이 25% 줄어들 수 있다는 말. 그 말은 내 가슴에 오랫동안 비수처럼 남았다. 그 말을 듣고 한국에 돌아와 내가 할 수 있는 일이 어떤 것이 있을까? 고민했다. 그리고 마음으로 준비하며 기다린 시간이 벌써 2년이었다. 그렇게 나는 2년 동안 만나는 사람들에게 그 이야기를 전했다. 그리고 내가 꿈꾸는 일들을 나누기 시작했다. "난 에티오피아에 신발 1,000켤레를 가지고 갈 거야". 이 말은 나에겐 간절한 고백과도 같은 말이었다. 그런데 마음만큼 쉽지가 않았다. 그렇게 많은 사람들에게 이야기를 나눴음에도 생각만큼 결과가 쉽게 나타나지 않았다. 신발 1,000켤레를 가져가는 일이, 그 신발을 살 수 있는 금액을 마련하는 일이 이렇게 어려울 줄은 몰랐다. 그런데 다행스럽게도 지인들의 도움으로 에티오피아 예가체프로 떠날 수 있었다. 아디스아바바에서 신발을 구입해 예가체프로 가서 아이들에게 신발을 나눠줬다. 나에게 이 이야기를 들었던 많은 사람들, 그들의 마음이 모아져 이루어진 결과다. 마다가스카르에 도서관을 세우는 일에는 많은 분들의 도움이 있었다. 그 일을 준비한 기간이 3년이었다. 지인들의 참여가 많은 도움이 되었다.

사람의 생명을 살리는 일. 나에게 가난이란 존재하지 않는다. 내게 나눌 것이 남아 있다면. 오늘은 이 말이 간절히 다가온다.

꽃다발과 어머니

에티오피아 시다모 지역에서 계획했던 신발 1,000컬레를 나눠주고 예산이 조금 여유가 있어 가난한 집들을 소개받아 매트리스를 선물하기로 했다. 한기가 느껴지는 밤에 차가운 바닥에서 잠을 자야 했던 사람들. 지금도 눈에 선하다 매트리스가 집안에 들어오자 행복에 겨워 어쩌지 못하던 어머니의 모습. 가장 행복한 모습으로 선물을 받던 여인의 눈에 보이던 눈물. 갑자기 돌아가신 어머니가 생각났다. 내 어머니도 여자였다는 것을... 가난함 속에서도 언제나 꽃을 가꾸던 내 어머니. 여인에게 꽃을 선물하고 싶어졌다. 태어나 한 번도 받아본 적 없는 꽃다발을 품에 안겨주고 싶었다. 간단한 살림살이와 꽃다발을 준비해 찾아갔다. 다시 찾아온 우리 일행을 보고 여인은 맨발로 달려나왔다. 그리고 꽃다발과 함께 나를 덥썩 끌어안았다. 그리고 어깨 위로 흐르던 뜨거운 여인의 눈물. 누가 알까? 이 벅찬 감정을... 처음으로 가져본 꽃다발은 여인에겐 꿈이었는지도 모른다. 그 꿈의 시간을 즐기는 여인의 행복한 미소를 통해 그 무엇보다 벅찬 감정을 선물로 돌려받았다.

에티오피아 커피
한 잔 하실래요?

에티오피아를 여행하면서 가장 즐거운 시간이다.

시골 어디를 가도 만나게 되는 작은 카페들.

그곳에서 마시는 한 잔의 커피는 정말이지 최고다.

커피의 원산지답게 신선하고 다양한 커피를 즐길 수 있다.

오늘도 생각나는 그날의 진한 커피 한 잔.

이제 며칠 후면 다시 그 추억의 시간으로 들어간다.

셔터
소리가
들리다

조용히 마음을 닫았다.

그리고 눈을 감는다.

그리고 호흡을 가다듬는다.

내가 있는 이곳을 담는 것은 카메라가 아니라 가슴이라고 스스로 고백한다. 바람에 흩날리는 빗방울조차도 오늘의 풍광과 잘 어울려 보인다. 심호흡을 하고 작은 카메라로 보여지는 세상을 탐닉한다. 그리고 다시 마음을 연다. 한 컷 한 컷 열리고 닫히는 셔터 소리는 심장박동 소리와도 같다. 눈으로 보여지는 세상과 같은 마음으로 세월을 담았다.

나를
찾아가는
시간

프랑스 느와르 지방의 고성을 돌아보다 보면 작은 마을들을 만나게 된다. 파리 시내의 번잡한 곳과는 또 다른 매력이 있다. 사람들이 너무 없어 적막한 느낌이 들 정도로 고요하다. 오래된 건축물들만 이곳의 지나온 세월을 이야기해준다. 몇 달만이라도 이런 곳에서 살아보고 싶다는 생각을 한다.

나를 찾아가는 시간,

나를 바라보고,

나를 사랑하는, 그런 시간을 이곳에서 갖고 싶다.

그 무엇과도 아닌 나와 자연과 이곳 사람들과 함께 숨쉬며 살아가는 시간. 시간이 지나 익숙해지면 반가운 인사를 건넬 수 있는. 세월이 주는 고풍스런 건축물들에 둘러싸여 짧은 세월을 살아온 내 어리석음을 돌아보고 싶다.

첫 여행

첫 여행과 처음 설레임을 동시에 경험했던 도시.

1992년 10월 25일을 기억한다.

파리로 떠나던 비행기 안에서 심장이 두근거리던 가슴을.

그렇게 내 여행은 시작되었으니까.

그리고 다시 찾기를 여러 번.

여전히 나는 그 두근거림으로 살아간다.

알제리
콘스탄틴

참 아름다운 도시였다.

그리고 도시의 이름이 왜 그렇게 마음에 와닿았던지.

이곳에 오기 전 들어보지도 못한 낯선 도시, 콘스탄틴(Constantine).

이 멋진 도시가 갖고 있는 매력을 카메라에 담으며 행복을 느꼈다.

이름조차 생소한 이 도시를 알게 되고 카메라에 담으며 떠나온 자의 축

복을 경험했다.

여행이란 그런 것인가 보다.

낯선 곳으로의 여행이 주는 설렘.

그렇게 이 도시는 나에게 묘한 감상에 젖어들게 한다.

할미꽃
피었네

해마다 4월이면 할미꽃을 찍으러 양평에 간다. 예전에는 흔하게 보이던 꽃이지만 요즘에는 쉽게 보기 어려운 꽃이 됐다. 몇 년 전 우연히 발견한 할미꽃 군락지. 그 이후 할미꽃이 피고 지는 4월이면 그곳을 찾게 된다. 그런데 잊고 있던 할미꽃에 대한 생각이 인터넷 기사를 보고 떠올랐다. "이번 주가 아니면 담을 수 없겠구나"라는 생각에 카메라를 챙겨들고 달려갔다. "너무 늦은 것은 아닌가?"라는 생각이 들어 조바심이 났다. 그런데 다행스럽게도 도착한 그곳엔 할미꽃이 마치 나를 기다렸다는 듯 수줍게 피어 있었다. 꽃잎이 지고 나면 노인의 머리 같다는 하얀 씨가 바람에 흔들거리며 봄 햇살을 즐기고 있다. 바닥에 엎드려 조심스럽게 꽃과 눈높이를 맞춘다. 땅에서 올라오는 봄 향기가 코끝을 자극한다.

아, 봄의 향기, 그렇다. 봄의 향기는 땅에서 올라오는 자연의 냄새다. 오랜만에 땅바닥에 엎드려 사진을 담아본다. 꽃이 놀라지 않게 조심스럽게 할미꽃을 카메라에 담았다. 이전에는 사용하지 않았던 마이크로 렌즈를 장착하고 깊숙이 꽃을 관찰하면서 촬영했다. 눈으로 보는 것과 카메라의 파인더로 보는 세상은 엄청난 차이가 있다. 때로는 눈보다 카메라를 통해 바라보는 세상이 훨씬 경이롭고 아름다울 때가 있다. 오늘 이 순간이 그런 때인 듯, 카메라와 꽃과 봄바람이 하나가 되어 순간을 기록했다.

돌아오는 길, 아직 양평엔 이별을 하지 않은 벚꽃이 바람에 흔들려 떨어지고 있다. 달려가는 길 축복하듯, 그렇게 봄으로부터 환영과 이별을 동시에 경험한 행복한 하루였다.

바다 속
가로등
보셨나요?

모처럼 시간을 내어 형과 친구, 후배 이렇게 넷이서 천수만으로 낚시여행을 다녀왔다. 이른 아침 출발이라 몸은 천근만근이었지만 좋은 사람들과 나누는 시간이 참 좋았다. 하루 종일 바다 위에서 보내고 돌아오는 길에 홍성에 있는 남당항에 들러 대하와 가을의 별미 전어구이로 하루를 마무리했다. 식당에서 보여지는 바다는 참 고요하고 아름답다. 뜨거운 하루를 마무리하는 붉은 석양을 바라보면서 속으로 외친 말!

"사는 게 뭐 별거 있어" 였다.

좋은 사람들과 좋은 곳을 보고 있는 지금 이 시간이 참 소중하다는 느낌. 그렇게 긴 하루를 마치고 돌아왔다.

남당항은 참 독특한 항구다.

바닷물이 빠지면 먼 거리까지 갯벌이 이어지지만 물이 차면 넓은 바다가 된다. 처음 본 남당항에서 가장 눈길을 끈 건 바다 속 가로등이다. 가로등 사이를 비켜가는 어선의 모습이 인상적이다.

바다 위의 가로등, 신비롭다.

평화롭던 오후

평화롭던 지극히 평화롭던.
몽골의 오후는 빛으로 가득했다.
하루 중에 가장 평화롭게 다가오던 시간.
노란 햇살이, 맑은 공기가 코끝에 다가오는 것을 느낀다.

생각

때로는 보이는 것보다
보이지 않는 것에서 더 많은 생각을 읽게 되는 경우가 있다.
다리 위 난간을 붙들고 있는 남자의 뒷모습이 그렇게 다가온다.
오늘 하루는 어땠는지 안부를 물어보고 싶은.

사랑하며
살아가기

태국 아유타야에서 만난 견공들. 아마 집에서 키우는 개들이 아닌 거리의 견공들인 듯싶다. 특이하게 담장 위에서 지내는 녀석들이 많았다. 낯선 사람들을 경계하는 듯한 눈빛. 그런데 어디선가 나타난 여인을 발견한 개들이 꼬리를 치며 반색한다. 그 여인은 가방에서 자루를 꺼내 담장 위의 개들에게 먹을 것을 주기 시작했다. 갈 곳 없는 개들을 위해 매일 같은 시간에 이곳에 와서 끼니를 챙겨준다고 했다.

참 고운 마음.

밥을 나누는 것이 아닌 사랑을 나누는 그 마음이 참 고왔다.

당신은
여행자인가요?

케냐 여행을 마치고 돌아오기 위해 기다리던 공항 청사 안의 커피숍. 나처럼 여행을 마치고 집으로 돌아가는 사람들이 있다. 누군가는 사색을 하고 누군가는 잡지책을 뒤적이고 누군가는 함께 온 친구와 대화를 나눈다. 이럴 때 나는 왠지 낯선 이들에게서 친근함을 느낀다. 여행자라는 같은 이름으로 같은 공간에 있다는 이유만으로. 떠나올 때의 설레임과 돌아갈 때의 설레임은 분명 다르다. 그러나 나에겐 둘 다 소중한 감정이다.

사랑하니까!

행복하니까!

선택의
시간

벌써 20여 년이란 시간이 흘렀다. 이 바다를 보고 황홀해하던 그날이. 바다를 보며 얼마나 가슴이 뛰던지. 힘겹게 찾아간 사이판 관광청에서 말도 안 되는 논리를 내세우며 얻어낸 비행기 티켓. 그리고 이어진 꿈으로의 첫 여행은 내 삶을 송두리째 바꿔 놓았다. 눈이 시리도록 파란 바다는 내게 삶에 대해 한참을 생각하게 했다. 그날 밤 불어오던 바람은 왜 또 그렇게 달콤하던지. 귓가를 스치는 바람소리도 얼굴을 간지럽히던 부드러움도 너무 행복했다. 떠나온 나를 위해 스스로 축배를 들고 싶은 밤이었다. 그리고 나는 내 자신에게 결심을 했다. 내 삶을 사진과 여행에 맡길 거라고. 언젠가 나는 오늘의 선택을 후회할 날이 올지도 모른다. 내가 선택한 일들에 대해서. 그러나 언젠가 더 큰 후회를 하게 될지도 모른다. 가장 중요한 순간에 선택하지 못한 나약함에 대하여. 불행한 것은 선택해야 할 때 아무것도 선택하지 못하는 삶이다. 그날 나는 내 자신에게 약속을 했다. 후회하지 말자고. 그렇게 지금까지 그날의 선택으로 인해 주어진 길을 걸어가고 있다. 오늘 오랜만에 서랍 속에 잠자고 있던 필름을 꺼내어 스캔받았다. 그날의 시간들이 주마등처럼 열정으로 다가왔다. 가슴이 뛴다는 것, 그 선택이 틀리지 않았다는 것.

20년 전, 행복한 선택이었다.

그날의 남겨진
기억들

오래 전 발걸음을 멈추게 했던 스위스 농가의 담벼락.

그림 같던 그날의 모든 것이 지금도 생생히 기억된다.

하얀 담벼락을 수놓던 소박한 꽃은 왜 그리 아름다웠는지, 그 아래 조신하게 앉아 있던 고양이는 왜 또 그렇게 깜찍하고 귀여웠던지. 9년 전 그날의 시간을 기억해낼 수 있는 것은 역시 사진이 있어 가능하다.

뉴욕 브로드웨이에서 어이없게도 난 참새를 찍는 데 열중했다. 유난히 빨간 의자와 그 위에 앉은 참새는 그날 나에겐 참 좋은 피사체였다. 그렇게 참새가 귀엽게 보였던 날이 있었던지. 그 멋진 도시에서 담은 사진이 참새라니. 지금 생각해도 어이가 없긴 하다.

눈
맞추기

한참 동안 서로 눈을 맞췄다.

바라보고,

웃고,

처음에 어색함은 시간이 지나면서 사라지고

차츰 카메라에 녹아들었다.

말 한마디 나누지 않고 마음으로 전달된 감정은 믿음이다.

카메라를 향한 수줍은 마음들이 바뀌어가는 순간을 즐기는 것.

서로 하나가 되어가는 감정의 길이다.

사랑스런 미소가, 그 마음이 아름답다.

함께
바라보는 곳

무엇을 바라보는 것일까?

아이들이 바라보는 세상.

내가 바라보는 시선이 같을 수는 없지만 느끼려고 마음을 연다.

아이들의 눈빛이 좀 더 따뜻한 세상을 바라보기를.

그 따뜻함 속에서 희망을 노래하기를.

그렇게 바래본다.

아픔

스스로 외로움 속으로 너를 밀어 넣으려 하지 마.

그렇게 하지 않아도 앞으로 지금보다 더 많은 외로움들이 기다리고 있

을 테니까. 애써 네 자신을 스스로 아프게 만들지 않기를. 그렇게 아픔

을 견디며 성장하면 후에 상처의 흔적들이 너를 괴롭힐지도 몰라.

내가 그랬으니까.

너의 인생에 찬란한 무지개의 빛이 피어나기를.

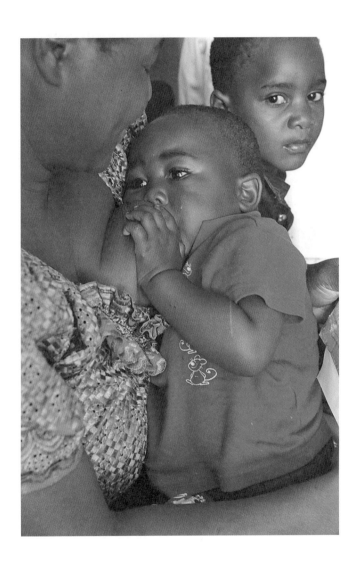

행복의
기준

멋지게 나이 들어가는 것을 생각한다. 세월에 흔들리지 않고 당당히 나이 들어가는 나를 생각한다. 현실에 치여 내 얼굴을 잃어버리지 않기를 바래본다. 하루하루 쌓여가는 시간들을 잘 사용한 얼굴을 만들고 싶다. 세상을 잘 살아낸 사람들은 주변의 시선에 신경 쓰지 않는 법이다. 당당히 걸음을 걷는 사람의 뒷모습이 아름다운 것은 잘 살았다는 증거다. 과연 휘청거리는 걸음걸이를 해보지 않은 사람들이 얼마나 있을까? 나 또한 다리에 힘을 풀고 세상을 포기하고 싶을 때가 수없이 많았다. 그 수없는 포기의 유혹들이 있어서 지금의 내가 만들어졌다. 아직 가야 할 길이 멀다고 생각한다. 앞만 보고 달려갈 만한 이유들이 너무나 많다. 결국 인생은 살아 있는 동안 끝없는 길 위에 놓여 있는 것이 아닐까? 나는 지금 내 인생의 길 어디쯤에 와 있는 걸까? 중요한 것은 지금의 삶에 행복이라고 말할 수 있다는 것이다. 각자 행복의 기준은 다르지만 내 스스로 정한 기준은 나를 긍정적으로 성장시킨다. 베를린에서 만난 노신사의 모습을 카메라에 담으며 참 편안해보인다고 생각했다. 나도 그렇게 편안한 얼굴로 나이 들고 싶다.

자전거를
타자

베를린에는 유독 자전거 타는 사람들이 많았다. 사실 독일 어디를 가도 자전거 타는 사람들은 넘쳐난다. 이들에게 자전거는 자연스러운 교통수단이다. 우리처럼 헬멧을 쓰거나 유니폼을 챙겨 입지 않은 채 타는 모습이 인상적이다. 그런 생각을 했다. 우리에게 자전거는 레포츠이지만 독일사람들에게 자전거는 일상이다. 특별하게 야외로 나가거나 운동을 위해 자전거를 타는 우리들과 달리 독일에서는 자연스럽게 자전거가 교통수단이라는 사실이 부러웠다. 우리처럼 교통이 복잡하지 않아서 가능한 일이겠지만 생활의 일부가 된 이들의 자전거 문화가 부러웠다. 나도 이젠 방에서 잠자고 있는 자전거를 꺼내야 할 것 같다.

믿음과
신뢰

믿는다는 것은 신뢰가 바탕이 되어야 가능한 일이다. 그 신뢰를 쌓아가기 위해 필요했던 시간들이 한순간에 무너질 때의 아픔이란. 살아가면서 참 많은 사람들을 만나고 헤어진다. 나에게 큰 용기와 힘을 준 분들도 있고 잊을 수 없을 만큼 아픔을 준 사람들도 있다. 아플 때마다 닫혔던 마음들이 다시 열리기까지는 오랜 시간이 필요하다. 아니 어쩌면 영원히 열리지 않은 채 굳게 닫혀버려 녹슨 마음의 문도 있다. 주변의 모든 사람을 안고 살아갈 수 있을 거라 생각하지는 않는다. 여전히 부족하고 여전히 미약한 존재니까. 차가운 바람이 가슴팍을 파고 들어온다. 나에게 아픔을 당한 사람들도 얼마나 많았을지 생각해본다. 인간은 그렇게 서로 상처를 주고받는 존재인가보다. 차가운 바람이 맨살을 파고드는 것처럼 아팠던 시간들. 다 잊고 새로운 날들을 디자인하며 살 수 있기를 바래본다. 파리의 오래된 성에서 만난 화사한 꽃바구니로 오늘의 마음을 달래본다.

다시
시작하는 거야

내 인생에서 가장 잘한 것이 무엇이냐고 묻는다면 오래 전 지금의 길을 선택했다는 것이다. 내 인생에서 가장 후회되는 일이 있다면 내가 걸었던 길들에 최선을 다하지 못한 것이다. 그러나 다행스럽게도 난 아직 걸어야 할 길이 너무나 많이 남아 있다.

"열정(꿈)이 있는 한 나이와 상관없이 언제나 청춘이다"는 말은 내가 가장 좋아하는 말이다. 나에게 길은 꿈이다. 나에게 사진은 열정이다. 꿈을 꾸고 길을 나서는 시간들. 20년 전 가슴으로 선택한 사진가(여행가)의 길을 나는 사랑한다. 얼마나 다행스런 일인가. 내가 하는 일을 사랑할 수 있다는 것이. 올 겨울에는 처음 카메라를 들었을 때의 열정을 찾아가는 작업을 할 생각이다. 다시 심장이 뛰기 시작한다. 카메라를 든 손에 힘이 들어간다.

사랑하기를

그냥 그렇게 오래도록 변치 않고 사랑하기를.

그냥 그렇게 지금처럼 서로에게 애틋하기를.

잘 모르는 낯선 연인들에게 마음으로 축복을 빌었다.

그것도 머나먼 나라 독일 베를린의 기차역에서.

날씨는 차가웠지만 저들을 바라보는 마음은 저들의 사랑처럼 참 따뜻했다.

황혼이 주는
감동

다양한 색이 잔잔한 강물을 물들이고 있었다. 다양한 삶이 다리 위에서 분주하게 움직이고 있었다. 이 시간 다른 것은 생각할 필요가 없다. 나에게 다가온 저 빛나는 황혼은 축복 그 자체였다. 내가 이곳에 존재하는 지금 이 순간은 그야말로 다시 올 수 없는 행복한 순간이다. 카메라 셔터를 누르며 한참을 바라봤던 이날의 황혼은 시시각각 변하며 나에게 가야 할 길을 잡아챘다. 그렇게 마음과 몸이 떠나지 못했던 날의 감동은 지금 한 장의 사진으로 남겨져 이렇게 소중한 나눔의 시간을 갖고 있다. 사진은 감동이기도 하지만 나눔이기도 하다. 적어도 사진을 업으로 삼고 살아가는 사람에겐 더욱 그렇다.

웃음으로
전염되던
날

마음이 편치 않을 때는 지난 사진들을 뒤적인다. 그중에 찾아낸 사진이 양수리 〈머문자리〉에 있을 때의 추억을 생각나게 하는 사진이었다. 그 당시 참 많은 사람들이 찾아왔었다. 나에게 언제 다시 그런 멋진 공간을 가질 기회가 올지는 알 수 없다. 어쩌면 지독히 외로웠고 지독히 행복했던 공간이었다.

〈머문자리〉를 찾았던 사람들에겐 소중한 휴식의 공간이었을 것이다.

오래 전 올린 포스팅을 꺼내본다. 좋은 사람들과의 시간은 삶을 윤택하게 하는 힘이 있다.

이야기를 나눴고,

사진을 나눴고,

맛나는 음식을 나눴고,

아름다운 마음을 나눴고,

멋진 웃음소리를 나눈 귀한 시간이었다.

이분들이 돌아간 〈머문자리〉의 공간엔 아직도 거두고 가지 않은 웃음소리가 들리는 듯하다.

그렇게 오늘은 웃음으로 전염되는 하루를 보내고 싶다.

미소가
아름다운
소년

카메라를 바라보는 것이 쑥스러웠던 너의 옆모습이 얼마나 멋지던지. 고개를 들지도 못한 채 수줍은 미소를 짓던 너는 참 아름다웠다. 그 순수함이 세상을 살아가는 데 어쩌면 힘이 들지도 모르지만 내가 느낀 너는 참 아름다운 사람이었다. 소년에서 청년으로 성장해가는 듯한 모습. 우리의 만남이 길지는 않았지만 가끔은 시간의 길이가 무색할 때가 있음을 느낀다. 다시 만나지 못한다 해도 좋을 그런 인연이 있다는 것을 느낀다. 드넓은 톤레샵 호수를 앞마당 삼아 살아가는 너는 분명 커다란 가슴을 간직하게 될 것 같다. 고달픈 일상이지만 그래도 그 선한 미소를 잃지 않고 살아갈 수 있다는 것은 축복이다. 내 마음마저 살짝 녹여주던 그 미소를 훔치고 돌아와 다시 추억하는 시간을 갖는다. 여전히 너는 그 호수에서 여행자들과 익숙한 인사를 나누고 있겠지. 다시 한 번 만나게 될지 모를 우리들의 인연.

소중하게 생각할께.

고마워 미소를 전해줘서, 친구!

필통

아프리카 우간다의 시골 마을에서 만난 초등학생의 필통이다.

아이에게 공부는 희망이며 꿈이다.

그 꿈을 좇는 아이의 빛나는 눈동자를 나는 기억한다.

지금은 비록 남루하고 부족함 투성이지만 꿈을 잃지 않고 공부에 열중하는 그 모습이 대견하다.

생각해보면 나는 참 많은 것을 갖고 산다.

방에 굴러다닐 정도로 넘치는 필기구.

이것을 조금이나마 나눌 수 있으면.

아이의 필통이 나를 겸손하게 했다.

다시 만날 기회가 온다면 그 필통에 한가득 필기구를 채워주고 싶다.

그렇게 선물할 날을 기대한다.

사진엔
정답이 없다

내 스스로도 이해하기 어려운 사진이 있다. 분명 내가 담은 사진임에도
내 것 같지 않은 사진. 아무리 봐도 특별할 것 없는 사진임에도 마음이
가는 사진. 그것은 어떤 이유로도 설명이 안 된다. 나는 이 한 장의 사진
이 오랫동안 머리속에서 떠나질 않았다. 그렇다고 좋은 사진이라고 말
하기조차 쑥스러운 사진이다.

그런데 마음이 떠나질 않는다. 허공을 가르는 두 마리의 새.

사진엔 정답이 없다. 그저 마음이 가면 그 자체로 좋은 것이다.

오랫동안 남아서 기억되는 것을 보면 이 사진은 적어도 나에겐 최고의
작품이다.

황톳길을
달려가다

길을 바라본다.

그 길을 지나는 사람들의 모습을 바라본다.

길은 수없이 많은 삶이 존재하는 곳이다.

분명 내가 바라보는 길과 이곳에서 살아가는 사람의 길은 다르다.

집으로 돌아가는 남자의 자전거 뒤에 실린 것은 무엇일까?.

유난히 붉은 황톳길은 사연이 많아 보인다.